有多想要，
就有多幸福

蘇陳端（貴婦奈奈）著

C O N T E N T S

智慧就是美！

推薦序

把童話故事變生活故事的女人

施愛咪（施淑芳）

貴婦奈奈是個把童話帶進生活的人，甚至，我嚴重懷疑她根本認爲自己就是個童話人。好吧，如果說她是個童話人，二十年來我看到的是：

她以爲人性純真而善良，就像小紅帽遇見大野狼，還是會姑且信之……只不過，你千萬別欺騙她的善，一旦吃過虧，她可會立馬提桶滾水燙死臭壞蛋，是善良但黑白分明的小紅帽。她對達成目標的堅毅與努力不輸小美人魚，即使有所犧牲也勇往直前，當年爲了考研究所，瞬間終止一切玩樂，等考完再重出江湖；但和美人魚不同的是，她不會拿她的長處去交換，她的好誰也拿不走，面對不足也會努力補強，真的不行就大方承認自己的弱，是有自信、追求理想的美人魚。她的皮膚演化根本就是醜小鴨變天鵝，對朋友的肝膽相照簡直羅賓漢再世。她是翹腳享受精緻生活的貴婦，也是捲起衣袖刷馬桶的勤奮主婦，能屈能伸就跟白雪公主一樣總能隨遇而安……

十多年前，我就預言她會出名。果然！因爲這麼豐富而富趣味感的人種真的不多。更重要的是，她超級有故事性。而她的故事稱不上夢幻，但每一則都是真真切切的生活故事。

那些年，我們妄想當model的每一天！

推薦序

有她在，眞的做什麼都勇敢！

歐比（歐佩儒）

小端是我高中同學，叫我們「大食女雙怪」一點也不爲過。誰也想不到，當時以吃多少盤食物爲樂的好友，現在是個專業諮商心理師，還能教大家如何漂亮的減重。回想高中生活，對升學壓力已記憶模糊，取而代之的都是和她在一起的青澀歲月點滴，有這個同伴在，眞的做什麼都勇敢！

當時，我們是最不會虧待自己的，吃要吃得飽，穿要穿得美，拍照要參考當時雜誌最潮的打扮，擺自認最美的姿勢（有圖爲證），連約會也要一起光鮮亮麗的出現。時間飛逝，連幾個年頭也不想數了。一轉眼，我們都已是熟女。各自經歷了一些人生歷程（我那轟烈曲折的愛情，小端從未缺席；小端的愛情故事，大家有書共睹）。儘管我們一南一北很少見面，但每次電話一接通，ＦＢ一連線，總是哈哈笑語不絕於耳，因爲我們深知彼此都很努力讓人生不留白，很開心的過每一天。

現在小端可以跟大家分享自我成長的過程，我眞的很替老朋友高興並鼓掌叫好。因爲有太多朋友需要鼓勵提攜，需要有人用樂觀詼諧的方式告訴他們，如何找自己、愛自己、完成自己。

那些年，我們膩在一起錄製歌曲的每一夜！

推薦序

她的字典裡只有做、不做，沒有做不到！

小姮（李姝姮）

和奈奈初相見是我大一時，OMG，我們的生命竟交疊了十五年！

奈的身上永遠充滿熱血，從小就是「要做就一定要做到最好」的個性。幾年前我們迷上卡拉（線上KTV）網站，常常熬夜在電腦前對唱，爲了把一首歌錄好（完美更好），隔天放上部落格，練出只用粗糙的工具完成一刀未剪、毫無修片的功力。十多年前，我們還組過一個團「愛Lee 99」（有點台，結合我們倆的名字）參加網路歌唱比賽，當時可小有名氣咧！又因爲我們歌聲像（唱功也像），曾經輪唱李玟的〈Sunny Day〉，連爸媽和愛人都分不清哪句是她唱的、哪句是我唱的。還有段時間，她投入玩偶遊戲，不做則已，一做驚人，獲得很大迴響，當時我覺得自己被忽略，還跟玩偶嘔氣。

奈是個說到做到的人，佩服她爲了愛，考上研究所、心理師；佩服她爲了穿衣服好看，從阿珠媽變美魔女；佩服她一面寫書還完成艱難的一整年（三六五天）部落格不間斷。看奈的故事充滿正向能量，她的字典裡只有做、不做，沒有做不到！對於她「做，就做到最好；變，就要變最多」的態度，我還差得遠呢，能拷貝她的只有聲音而已，哈哈！

自序

一起前進我們想要的幸福

謝謝你買了這本書，讓我有機會向你介紹自己，也讓我有機會進入你的生命。這本書的內容我從未公開過，好多事件連枕邊人、父母、好友們都不知道，我沒有想隱瞞，只是很多細節，很難把這曲折離奇的過程完整說個清楚。還有很多可笑的事好難說出口。

請你們一定要耐心看完，精彩的在後頭啊。看過這本書之後，你們會更了解我，也會更了解自己，因爲你會發現，原來我們都一樣。

我不是你們以爲的，從小就一直這麼正向，才這麼幸福。我花了好久時間才終於發現自己的優勢，才終於明白自己的學習類型和多數人不同，在我的成長過程中，沒有人告訴我，沒有人幫助我，至少有二十年一直活在挫折和憤怒之中。

接觸心理學之後，我才開始認識自己，開始改變。我接受自己的弱點，承認自己的眞心，我明白自己想要什麼，於是非常努力練習，非常努力改變自己。我改變自己的表情，改變自己的心情，改變對父母的態度，改變和情人的溝通方式，改變我的朋友圈，改變我的學歷，改變我的工作經歷，改變我的身材，改變我的生活習慣，改變了我的人生……這是一條好漫長的路，又花了二十年才成為理想的自己。

如果你比我小十歲（或二十歲），你擁有比我強壯的體力、記憶力和無限的可能性，比我擁有更多更多的資源（可以在youtube和部落格學到你渴望學習的一切），一定會飛得比我更高更遠。看完這本書，可以讓你少奮鬥二十年，因爲你有好多方法認識自己，還有好多方法去努力。

如果你跟我同個世代，我們可以一起並肩，再造另一個想要的自己、想要的生活，繼續我們想要的幸福。

本書眞人眞事，絕無改編，用這本書，獻上我最眞心的祝福。

前言

我喜歡現在的生活，更期待未來的自己

「妳有沒有最想回到的過去？」

如果我想回到哪個過去，表示我並不滿意現在的自己，我正在或一直衰退，所以一點也不想回到任何一段過去。不是沒有後悔，也不是怕回去不會更好，只是不想回到任何一個醜、笨、胖、窮、膽小、易怒、封閉的過去再來一次。連回到去年都不想。

我很滿意現在的狀態，自信、健康、積極、充滿希望；也很滿意現在的心理狀態，無懼、坦蕩、感恩、滿足，這是我經歷過一段又一段的考驗，感受過鄙視、嘲笑、無望、無愛，厚臉皮爭取著、硬頭皮練習著才完成的結果。

我感謝自己在失落的時候不墮落，在寂寞的時候找事做，在不走運的每一天都不是行屍走肉，依然相信只要太陽升起就可以重新來過。

我很懂自我安慰，也只能自我安慰，心裡儲存了很多激勵自己的信念。我相信永不太遲，相信老天沒有給我想要的是因爲我值得更好的，相信老天不會給我無法承受的痛苦，相信天將降大任於斯人也，必先勞其筋骨、苦其心志，我也相信老天關了我一道門，一定會幫我開很多扇窗，更相信事情絕對是一體兩面，沒有絕對的好也沒有絕對的壞，就算是壞事也一定會伴隨好事。

這些信念讓我很有力量保護自己。我不奢求身邊隨時有義無反顧幫我加油打氣的啦啦隊，但我一定要成爲自己不離不棄的親衛隊，永遠陽光燦爛、充滿希望的應援著自己前進。

明年我就滿四十歲。「四十歲是不管處在什麼狀態都能守住風度、不會失態的年紀。」韓劇《紳士的品格》裡剛滿四十歲的金道鎭這麼說。好認同。

接近四十歲的自己沒什麼心情過不去，沒什麼面子好失去。別人的批評可以很開放的檢視改過，出糗的時候可以很幽默的笑笑就過。

我可以滿足我想要的一切，有能力付出，也有能力承擔。

我喜歡現在的生活，更期待未來的自己。

Chapter 1

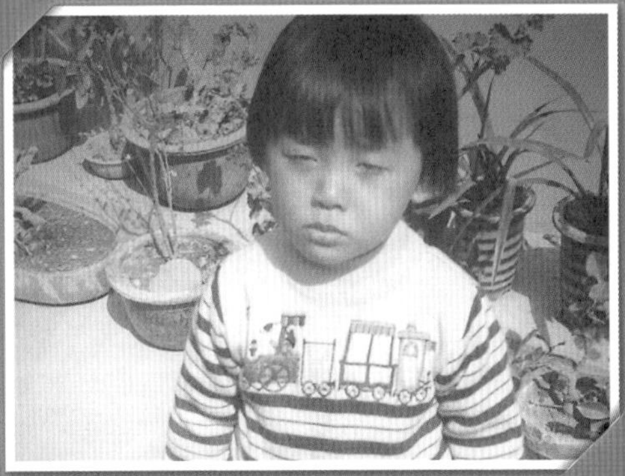

和悲傷的過去和解

重新架構（reframing）我的生命故事，重新賦予他們正向的意義，所有的過去經驗，即使再負面，都將變成最特別、最美的回憶。

二十年前的日記

二十年前，在我二十歲的時候，發現了一個二十年前的秘密。出生第一天，媽媽就幫我寫日記，這本日記一直藏在媽媽的衣櫃裡。

「小端一出生護士小姐第一次開口就讚美她的眼睛好大，皮膚好白，但我又發覺她的鼻子和小嘴更美，像她父親，但願她永遠如人家所讚美的那麼美，可是當我看第一眼的時候沒有我想像的那麼美，原來所有剛出生的嬰兒都是如此，好長的頭，怪不得說是蘿蔔頭，還好重達三七七七克，頭胎女生，不算少的數字……」一打開日記便停不了的翻閱。

哇！這天大的秘密怎不讓我早點發現？爸媽怎可以隱瞞這麼多年完全不提！在這之前，我一直懷疑自己的身世，我行我素的想激怒爸媽，逼他們承認我不是他們親生，隨時都在尋找我是小甜甜、來自孤兒院的證據。

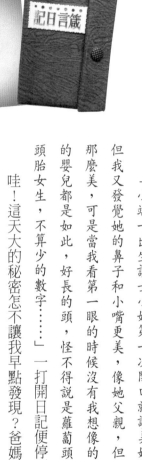

不讀書就什麼都不是

有段時間，我和爸媽的關係很不好，一整天說不到半句話，一碰面就沒句好話。我一直覺得他們管我管得不可理喻，很多規矩，很多不准，在他們眼裡，沒什麼事比讀書重要。「不讀書就嫁不出去。」「不讀書就去做女工，以後只能嫁男工，生小工。」「成績那麼差，什麼都別想。」這種話不只爸媽這麼說，連老師也這麼說。我的日常生活，不成文的被規定：除了讀書，其他一概不允許。

「我可不可以去台北參加小虎隊萬人簽名會？」

「去幹什麼？他們有什麼好看？浪費時間！」

「我想打工。」

「打什麼工？妳以為妳是誰？國中沒畢業誰要用妳？」

「我想學剪頭髮。」

「學那個以後可以幹嘛？」

「我想買翻譯機。」

「沒必要，我們念書的時候沒有翻譯機，成績還比妳好。」

「戴眼鏡好醜，我想配隱形眼鏡。」

「人美就美，不會因爲戴眼鏡就變醜。如果眞的醜，戴隱形眼鏡也不會變美。」

當我想爭取什麼的時候就被這樣二話不說的拒絕，無須討論，沒有理由。我不是非要不可，有些也只是隨口說說，我只是希望可以聽到一聲：「好。」或一句：「聽起來很不錯喔。」這種體貼的回應。我只是想被支持，被了解。

就算做不到體貼，也別這麼傷人，至少別把我喜歡的東西批評得一文不值！

爲了掩飾被傷害的痛苦，爲了維持不堪一擊的自尊，我用憤怒包裝我的脆弱，總是聲音極大、口氣極壞、態度強硬的反擊：「不要就不要。」「自私！只想別人聽你們的話，卻從來不聽別人說。」「我就是不讀書，怎樣？」「不靠你們，我也不會死！」嗆到最後就在爸媽丟下這句：「天下無不是的父母！」和我用力的摔門聲中結束。

天下無不是的父母？我不同意，我就是要證明父母是錯的。

日復一日的互相殺球、互不接球，好煩。我一直在找機會證明人生不等於分數，證明不是他們說的那套才是眞理。

到了國三交高中聯考志願表的時候，我瞞著爸媽在第一志願和第二志願的表格裡塡了台南女中音樂班和台南二中美術班（報考術科須塡在第一志願），想多點時間花在除了讀書以外的地方。老師問，爸媽是不是同意我這樣塡，我沒回答，因爲他們根本不知道有志願表這回事。

老師通知爸媽。爸媽急忙帶著他們的印章衝到學校，跟我一起在老師辦公室把那張志願表的每個欄位全部用立可白修正，重新塡過一次，每一欄都蓋上紅紅的印章證明經本人同意修改。那張染成紅紅一片、幾乎倒光立可白的志願表，我到現在還忘不了。爸媽一定恨不得成爲我人生中的立可白，恨不得把我的人生全部塗白，然後一一訂正。

我想不通。爲什麼不能考音樂班美術班？讓我學了這麼多年鋼琴和畫畫，如果可以幫我的人生加分，爲什麼不能派上用場？或許技不如人，但我想試一次！爲什麼你們什麼都要管，爲什麼我不能爲自己的人生做決定？因爲我沒有錢，所以不能自己做決定?!

越往壞的方面想，心裡就越憤怒；心裡越憤怒，就往更壞的方面想，把沒考好高中歸因於：都是他們不讓我考音樂班和美術班。再把自己近視、肥胖身材、壞脾氣、長相平凡、沒人愛，統統推到他們身上，都是他們生、他們害。

既然爸媽不聽我說話，我也不想再和他們說話，反正我生活中發生的事，除了成績之外，他們都沒興趣，而成績是我最沒梗、最不想開的話題。我想做的、喜歡做的事，在爸媽眼中全是徒勞無功的努力，我的要求、我的渴望，全是不經大腦的胡思亂想。我是個專門做錯誤決定的笨蛋。

我從他們的嫌惡中認識自己，慢慢變成他們口中那種唸不得又講不聽的小孩。我吞下他們的評價，把那些話和自己畫等號，認爲自己沒資格擁有夢想，不配得到幸福，沒敢奢望，沒敢要求，封閉自己，什麼都不敢嘗試，反正不管怎麼想、怎麼要，我都得不到。

我既好強又逞強，其實內心一點都不信任自己的能力，常常處在恐懼、緊張、焦慮、憤怒、憂鬱的情緒，非常不快樂，度日如年，總覺得好事一定輪不到我，隨時都有倒楣的預感。不幸的是，越是這樣想，就眞的非常倒楣！

我感受不到愛。即使爸媽在食衣住行上從未讓我匱乏，零用錢也給得比同年齡的朋友多一些，但我內心一直有好大的缺口。有記憶以來，我沒被支持過、讚美過，我心裡常常想：「既然不愛我，何必生養我？」「想必不是親生的！」

媽媽對我的管教很嚴厲（我們老家產藤條……）。我年紀小，沒錢又沒地方去，只能忍，強悍的忍。不管怎麼打，我就是不哭（有時叫我起床會用搔癢的方式，我也不笑）。如果在清末應該會被挖角去革命，或當臥底。經過媽媽的疼痛訓練，我非常能忍痛，有研究顯示，不怕痛的人比較堅強，比較容易成功。謝謝。

後來媽媽發現打或搔癢對我沒用，改從剝奪我的最愛下手，有次在我面前拿剪刀剪破一條我最常穿的牛仔短褲，我沒哭也沒阻止，很酷的自己再剪一刀，扔進垃圾桶，用來證明沒什麼可以威脅我，沒有人可以擊潰我（後來我又買了一模一樣的褲子，已經打五折）。

我脾氣好硬、好倔強，只要自認沒有不對，就一定要占上風。當時並不知道這種死硬的個性在未來的兩性關係中帶來的衝擊有多大。

和父母的關係如果沒有覺察和修復，未來的親密關係也不會幸福。整個家族不只基因會遺傳，溝通模式也會遺傳，我們身上多少都帶著父母的影子，我們的「語言程式」都是父母「輸入」的，和父母怎麼吵，和另一半就會怎麼吵。和父母之間的愛恨情仇也會轉移到另一半身上。

長大後談戀愛，我也不懂怎麼鼓勵和支持身邊的伴侶，只會反射性的

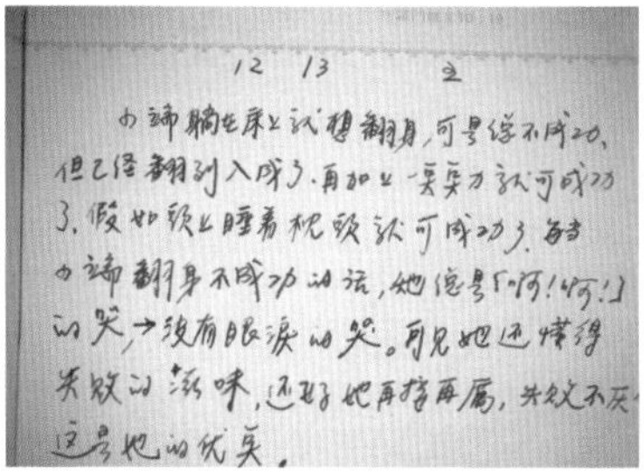
12 13 二

小端躺在床上試想翻身，可是總不成功，但已經翻到八成了，再加上一點點力就可成功了。假如頭上睡著枕頭就可成功了。每當小端翻身不成功的時候，她總是「啊！啊！」的哭，→沒有眼淚的哭。可見她也懂得失敗的滋味，還好她再接再厲，失敗不灰心，這是她的優點。

挑剔對方、否定對方，這些否定的話根本不經大腦就像屁一樣放出來。因為怕他惹麻煩，總忍不住潑他冷水，貶低他的想法和行為。明明他是一個又棒又聰明對我又好的人，因為一點失誤或遺忘，就被我罵得像一事無成的笨蛋。我複製了爸媽的眼光和溝通模式，愛錯方法，差點變成我最討厭的那種大人。真對不起我的前任。

謝謝你讓我知道我不是沒人愛

攤在手上的這本日記，內容和我記憶中所經歷過的完全不一樣，像極了另一個世界發生的事。

「不知道小端以後聰明嗎？好玩嗎？願小端是個好女兒。」從沒想過媽媽有這麼溫柔的口氣。

又重又磨人的生活壓力以及對彼此的擔心讓我們的心慢慢變形，我們忘了彼此曾經是世界上最親密、最互相依附、最重要的人。

「小端躺在床上想翻身，可是總不成功，已經翻到八成了，只要再用一點力就成功了。每當小端翻身不成功，她總是啊～啊～的哭，沒有眼淚的哭，可見她懂得失敗的滋味，還好她再接再厲，失敗並不灰心，這是她

的優點。」

如果可以一直像這樣看到我的優點，多好。

「小端晚上想睡覺時總是很兇，不易使她入睡，也許小端既不吸手指也不吸奶嘴是原因之一吧，今晚臨睡時，抱也不要，推搖籃也不要，手推車也不要，抱到外面也不是，想盡辦法都不是，最後想起她爸對她說過一句話：『小端，小孩子就是小孩子，連開關也看得那麼高興。』於是我把小端抱近開關，眞的停止哭叫，玩一玩累了，我抱進搖籃就睡了。眞是花樣百出，找不出來頭就痛，以後就用此方法了。」

嬰兒的哭聲比電鑽更讓人崩潰。日記裡出現好幾頁我用大哭來折磨大人的橋段。眞不好意思。

「早上小端累了想睡覺，用哭來表示，外祖父哄也不是，抱也不是，哭得鄰近的太太、阿婆都說小端脾氣不好，一個月一千八請她們照顧都不要。是的，只要生活過得去，誰願意勞這種累？自己的小孩不得如此。下午小端就顯得乖巧，自個兒在床上玩，玩累了自己不聲不響的睡著了。小孩眞不可捉摸。」

原來我是個「一哭就被抱起來哄」的幸福小孩。

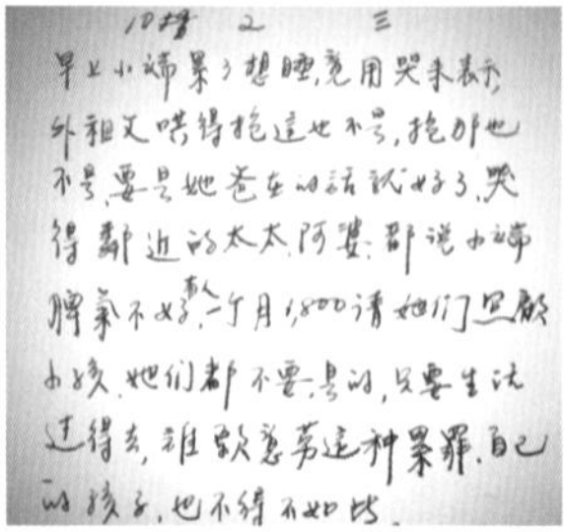
早上小婷累了想睡，竟用哭來表示，
外祖父哄得抱這也不是，抱那也
不是，要是她爸在的話就好了。哭
得鄰近的太太阿婆，都說小婷
脾氣不好。…個月1,800請她們照顧
小孩，她們都不要…的，只要生活
過得去，誰…這種累罪，自己
的孩子，也不得不如此。

我們的潛意識裡永遠會記得父母的擁抱，就算腦內記憶找不到，身體也永遠不會忘。即使長大後我「聽到」或「想到」的話，都是顯示爸媽不愛我的內容，常感覺痛苦，但我始終沒有真的走遠，從沒做過對不起父母的事。也許就是因爲身體一直記得最初的溫暖，被抱住的溫度就是被無條件的愛大量注入的證明，感官神經會形成記憶，產生強大能量，幫受傷的心靈恢復原狀。一個擁抱就能讓所有的生氣悲傷融化。

夏天出生的孩子較樂觀

曾經有個生命科學系的學生和我閒聊提到一個有趣的說法。夏天（尤其是七、八月）出生的孩子通常比較樂觀，因爲出生時所接觸的世界和母體內的溫度差不多，覺得生存沒那麼難，很快就能適應良好，隨著身體末梢神經的變化，留下正向美好的感覺，發展出樂觀的情緒。相反的，冬天出生的孩子較悲觀，外面的世界好冷、好辛苦。天生樂觀的人很幸運，生性悲觀的人長大後也可以靠正向思考修復，這是人類特有的潛能。

見識過這麼多嬰兒哭不停的現場後，我慶幸也相信自己生長在充滿愛的好人家，只有如此巨大的愛才能承受這樣的折磨，不然以我這麼愛哭，

哭聲又相當十組電鑽的狀況來看，後果很難想像。

小時候哭得這麼無理取鬧，爸媽都熬過來了，我決定以後爸媽再怎麼嘮叨，都不要在意，忍一忍也就過去。

「今天第一次給小端吃蘋果，日本的大蘋果，若爲小端花錢總是特別大方，看小端吃得高興，我也好高興，只是沒法常買給小端吃。小端吃蘋果的樣子很可愛，外公打趣的說：將來吃多就心疼了吧，還說可愛呢。說得也是。」

「下午帶小端到醫院預防注射，結果是要錢的，只好忍痛花錢，爲了小端，爲了早些放心，否則等到衛生所通知就可免費，但爲人父母總希望讓小端準時注射，以免誤期而失效。小端妳可知道爸媽用心良苦？」

「小端第一次預防注射完了，今天是第二次了，買原封的，日本製的，爲小端花錢總是樂意，爲小端好不在乎那區區的數字。」

爸媽對我的愛不只恆久忍耐，還無私大方，本能的把自己掏空也無所謂。那是蜜餞糖果一角、包子饅頭五角的時代，公務員的薪水差不多一萬元。我出生那年（民國六十三年），爸爸二十九歲，媽媽才二十七歲，比我現在還年幼十二歲，他們收入穩定但並不多，依然傾盡所有、毫不猶豫的爲我付出。我也要如此回報（現在也眞的這麼做）。

老天安排人類傳宗接代是很有意義的課題，讓我們在懷孕和照顧孩子的同時，明白自己也曾被這麼寶貝呵護過，藉著生育把愛傳遞下去。透過這本日記我已深刻感受什麼是無條件的付出，我曾經不必費心討好、不必有什麼特殊表現，就被這樣寵愛著。

愛，讓人想變成更好的人

當愛與被愛以及那些美好的回憶再度被喚起時，人會變得柔軟，自動想往更好的方向發展，比起嘮叨的耳提面命或嚴厲的教育訓誡有用的多。想想北風和太陽的故事，同樣要脫下旅人的外套，北風越是用力吹，旅人越是把外套拉得緊；太陽什麼都沒做，只是溫暖的笑著，就能讓旅人心甘情願的把自己層層剝去。我多想被這樣對待。

這本日記的出現是我們親子關係的轉捩點，也是我開始想爲爸媽做點什麼改變的起點。

記憶中那些爸媽曾嚴厲拒絕我、惡意攔阻我、無情諷刺我、殘酷體罰

有快樂的媽媽，
才有快樂的孩子。

我的恩怨情仇在此一筆勾銷，過去爲了討愛、賭氣或自我證明的行爲，在這本日記面前顯得多餘且愚昧。

覺察晚，改變一點也不遲。

爸媽彼此相愛，幾十年來他們還是把鬥嘴當情趣，瑣事分享或日常QA最後都以吐槽收尾，不小心過頭還會擦槍走火。以前覺得他們不相愛，我的家庭一點都不可愛，稍微溫馨一點，他們就說：「少在那邊肉麻當有趣。」現在明白，他們不是不愛我，只是習慣用那種方式保護我，不希望我犯錯，給自己或他們添麻煩，盡量不讓我走他們不熟悉的路，盡可能控制我別超出他們可以掌握的範圍。這是他們表達愛的方式，台式的。

後來，我把這本日記占爲己有，帶在身邊提醒自己：我的出生是爸媽最開心的禮物，我是一個被期待、被寵愛的孩子，我只要開心的大笑就能討父母歡心。日記裡滿滿的愛讓我明白我的存在很重要，更珍惜自己，我保證繼續守護他們的寶貝：我，還有這本日記。

媽媽這本許願筆記的力量跟《秘密》一樣，我的人生似乎就跟著媽許的願、寫的劇本發展，以我的速度和方式，緩慢的前進。

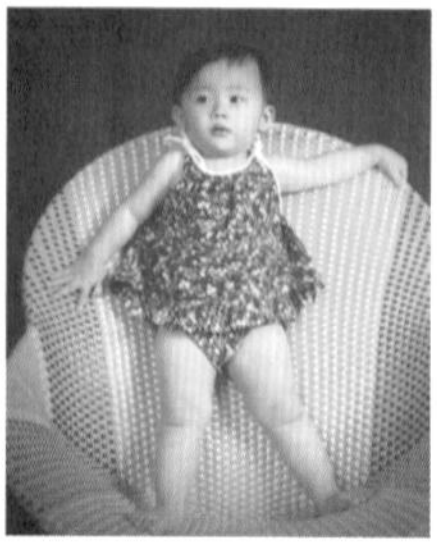

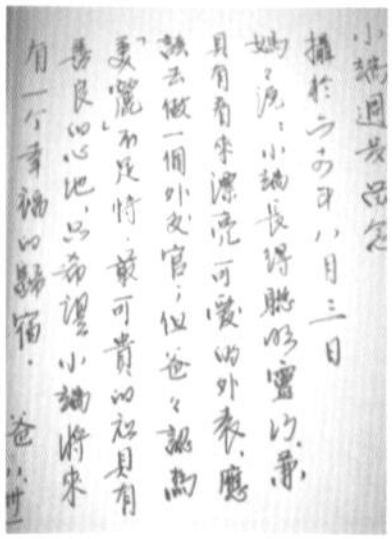

小端週歲留念
攝於六○年八月三日
媽媽說：小端長得聰明靈巧，兼
且有看來漂亮可愛的外表，應
該去做一個外交官；但爸爸認為
「美麗不足恃」，最可貴的就是有
善良的心地，只希望小端將來
有一個幸福的歸宿。
爸爸 八.卅一

我是爸媽生命的延續，如果也可以是他們成就、夢想的延續當然更好。不過，我們都明白，善良的心才是開啓幸福快樂的鑰匙。咦？什麼？美麗不足恃？話不能這樣說，還我美麗來！

蝴蝶效應造就了命中註定

生命中的每個選擇、每個決定，以至於成立的每個事件，對我來說都是有意義的，是這一連串的蝴蝶效應造就了我的命中註定。

我的祖父熱愛命理，我的人生理所當然的以命理開場。

媽媽在我出生那天寫著：「小端的祖父說小端出生的時刻非常理想，命好，若是男孩子就更不得了。我認爲若是男孩子就不可能是那個時刻出生，這是小端應有的命，聽說不是女法官，就是名女人（交際花）。」還補充，是出名到會上報的那種。

「哇！女法官！」第一次看到這段文字，覺得好激勵！原來我的命這麼好！

可是……

我的成績不好。

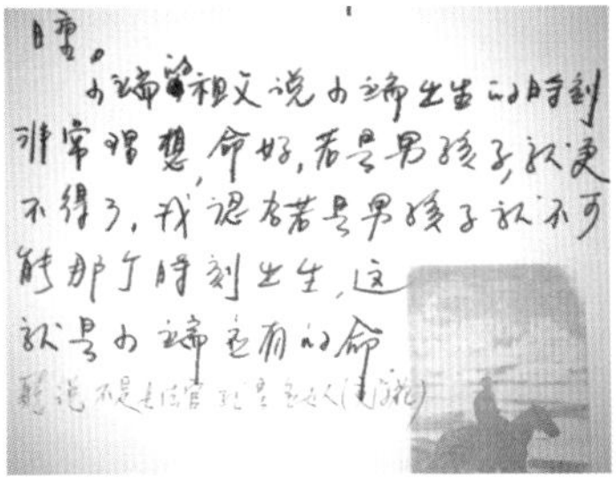

顯然我已經被父母徹底的洗腦，也認為成績就是一切。

我的成績不是一直不好，只是太快走下坡。小學三年級那年暑假，爸爸考上律師，我們全家一起從台南縣搬到台南市，從有庭院的平房搬進三層樓的透天厝。這裡跟過去完全兩個樣，以前太陽下山後，周圍靜得只剩蛙鳴，緩慢單調到無聊；現在深夜熄燈後，樓下還有好多汽車呼嘯而過，一台接著一台，每道聲線都不同，高高低低快快慢慢，美妙極了。我好喜歡躺在床上享受市區的夜晚，明明很睏還捨不得睡，想多聽一點鬧哄哄的聲音。和我同房的奶奶卻難以適應這城市的夜，輾轉難眠。

那一年爸爸事業剛起步，媽媽還在遠距通勤教學，忙碌的他們不再有時間盯我讀書、寫功課，從那時開始，我的成績便以自由落體的速度往下掉，不是漸漸或慢慢，是直接從頂樓掉到一樓，好一陣子都在下面上不來。

到了國中，我的成績依然在谷底流連。曾經不小心在老師桌上瞄到自己入學時做的智力測驗分數，七十八分，評語：駑鈍。這讓我好震撼！好怕爸媽知道！畢竟他們是家鄉出名的知識分子，更不想承認自己只有這種程度，讀書人的孩子成績不都很好嗎？

即使不想承認，也改變不了「我不聰明」這個事實，好幾次還被自己的爛成績嚇到。

國三分班，託英文成績的福，僥倖進了好班。開學第一天，新導師要我們全班到走廊排隊，一邊點名認識我們，一邊幫我們安排座位。我發現老師排座位並不是按身高，因爲坐在講台正前方第四排第一位同學是班上最高的，她功課很好，也不可能是因爲愛講話才被安排坐那位置。仔細觀察老師排座位的邏輯，非常可能是照成績排，不！根本就是照成績排，成績好的同學都坐在離黑板最近的搖滾區。我的座位在右外野，掃地工具和垃圾桶旁邊，這樣數過來，我是班上最後一名！

從來沒有一刻像現在這麼想坐在第一排！坐在最後一名的位置讓我好尷尬。

爸媽知道我在好班，卻不知道我是好班裡的最後一名，因爲上國中後，他們便不曾再見過我的成績單。發成績單那陣子，我疲於奔命的衝回家攔截，要是爸媽忽然想起，問我成績單在哪？我便用躲債的話術一再拖延：「明天才會收到吧。」「班級那麼多難免會延遲。」「有些同學也還沒收到啊。」「明天應該會收到吧……」只要拖到下次月考，只要下次考好一點，他們就會忘記上次的爛分數。幸好他們夠忙，忙到忘了這次、忘

了下次、每一次。

隨著我的成績表現越來越爛，透過老師家庭訪問（唉，紙包不住火），爸媽也緊張起來，他們決定多放一點心思在我的課業上，再不做點什麼，就什麼都來不及了。於是，媽媽申請到台南市教書，打算花「很多」時間指導我的課業（捲袖子要跟我拚命）。爲了拯救我爛到發臭的數學，她買來好多本數學評量測驗卷讓我練習，每本寫一章，一次寫三本，寫完交給媽媽改，改完馬上檢討。

我的數學之爛（二十八分那樣的水準），已經不是多寫幾本測驗卷就能起死回生的程度，用狂寫測驗這招逼我只會得到反效果，寫越多，越加重我的挫折感；考不好就處罰，更加深我對數學的厭惡。根本之道應該先幫我理解數學語言，克服數學的恐懼。我老是看不懂數學題目，中文字化成數學考卷我就出現閱讀障礙（但我更懷疑是老師出題語意不清）。

爲了終止這場悲劇，我很天才的在學校附近的書店找到這些測驗卷的解答，每本都有，買到的時候，我的手高興得顫抖，回家火速的把答案塡入測驗卷，不是一次完全抄對，而是「慢慢進步」。媽媽越來越滿意我寫測驗卷的結果，覺得她的付出得到回報，從測驗分數的進步趨勢看來，下一次月考我一定是匹黑馬。

很不妙，我失手了。

不是月考失手，而是我抄錯測驗卷的答案，整本抄錯！（我怎麼會看錯格？）抄答案的事馬上被媽媽發現，那次我被打得很慘。媽媽把自己教學的挫折和對我作弊的失望一次發洩在我身上。我有想去警察局報案驗傷的衝動，但媽媽拿衣架打在我的屁股和手心，皮膚紅一下就消退了……「想告我？沒那麼容易！」（我到底是不是她親生的？）

我覺得被虐待，我的人格被扭曲，媽媽罵我罵得太過分。我不是會作弊的人，我痛恨作弊，更痛恨靠作弊考高分的人，寧可考最後一名也絕不在學校作弊。在家抄答案是不得已，我眞的寫不完，也不想把時間花在這裡。對我來說，在家寫測驗卷把自己訓練成考試的機器也是一種作弊，我不想這麼做，覺得自己沒錯。爲什麼媽媽就是不相信我？不了解我？

忘了那一次的結果是怎麼收拾的，只知道我們的關係因爲成績、因爲分數，越來越惡化。

就這樣上了高中，又過了三年，我和女法官最短的距離只有第一類組這個交集，之後也不會再靠近。

與命中註定的短暫交集

往前回想，更早之前，我跟女法官之間曾有過短暫的交會，只是很快便擦肩而過。

國一升國二那年暑假（一九八七年），我在錄影帶店租了劉德華和葉德嫻主演的《法外情》（電影於一九八五年九月上映，當時香港還未回歸，依然採用英國的法律與制度）。我不認識劉德華，不明白爲何會拿起跟法律有關的電影，平常只租《志村大爆笑》和宮澤理惠、後藤久美子演的日劇、時代劇，現在不免穿鑿附會的想：難道冥冥之中自有安排？

《法外情》的劇本眞棒！劉蕙蘭（葉德嫻）遇人不淑，未婚生下男孩劉志鵬（劉德華）後便把他送到孤兒院，志鵬在孤兒院成長，在無名氏叔叔的資助下（其實是親生母親）到英國念法律，學成返回香港當律師，他的未婚妻家族政商關係強大，事業因此飛黃騰達。緣分讓這對分開二十年的母子因殺人案在法庭上相遇。五十歲的妓女劉蕙蘭被控涉嫌殺死一名政商權貴的嫖客。案子輾轉落到志鵬手上，懷疑案情不單純，抽絲剝繭調查後發現死者是曾經虐待無數妓女的性變態，劉蕙蘭在過程中受虐才出於自衛殺人。

因死者和志鵬未婚妻的父親生前有往來，於是丈人出面阻止志鵬繼續辦案，但職業道德讓他堅持為無辜的劉女辯護，因此得罪丈人，也和未婚妻漸行漸遠。查案過程中，劉蕙蘭發現志鵬身上帶著自己送給孩子的懷錶，確認他是自己的親生兒子。她擔心自己的身分曝光後會毀了志鵬的一切，於是中途變卦，承認自己殺人，想帶著眞相以死百了。後來當然被大家勸回。志鵬非常努力的為她辯護，口才犀利，指證歷歷，釘得對方律師啞口無言，帥到讓人想站起來拍手叫好。

因為死者身分特殊，案子屢遭阻撓，死者的心理醫師被賄賂施壓，在法庭上不坦承死者是他的病人，是有性怪癖的性變態，幸好志鵬幸運的找上診所另一位護士證人，也是他孤兒院時期的朋友，才取得有力的病歷證據。就在法官要宣布劉蕙蘭因自衛無罪、當庭釋放的時候，檢察官在英國找到當時孤兒院的院長瑪莉亞，火速將她請回香港，證明劉志鵬和劉蕙蘭是母子，辯護必須終止（英法律規定委託人和律師不得有親屬關係，台灣沒有這規定）。

就在眞相幾乎大白、親子關係即將見光、母子可能相擁而泣的那一刻，面對檢察官的提問：「劉蕙蘭和劉志鵬是母子關係嗎？」瑪莉亞握著十字架，表情堅定，聲音有力的說：「NO！」留下一片激情的波濤洶湧在每個人的心裡。劉志鵬和劉蕙蘭始終沒有相認，但母子情分在彼此眼中和觀眾心裡不停流轉。

我看完好感動！立刻愛上聰明、正義又帥氣的劉德華！心裡湧起一股衝動：我想當劉德華，我要幫世界上無辜的被告辯護！

於是我要求爸爸帶我去法院看開庭，觀摩《法外情》的眞實世界。看完開庭，才剛燃起的熱情很快就熄滅。

台灣沒有陪審團，法官、律師不會戴假髮，律師不需對著陪審團慷慨激昂的舉證遊說、尋求認同，場中沒有犀利的針鋒相對，對話大致是這樣……

審判長：「請檢察官陳述起訴要旨。」

檢察官：「如起訴書所載，請法官依法判決。」

一切內容仰賴事先寫好呈交的書面資料，話不多，感覺像開班會，安安靜靜、清清淡淡就結束了……

後來，爸爸又問我要不要再去觀摩？他是眞的很想找機會再扳回一城，很想把我領進門帶入法界。我搖頭。你們不戴假髮又不吵架，有點無聊。

如果當時場面再戲劇性一點，爸爸表現再帥一點，或許那一刻會變成我人生的轉捩點，回家馬上丟掉漫畫用功讀書，以劉德華爲終極目標，奇蹟變身女法官！

觀摩法庭的那段過去發生在台灣戒嚴時期，台灣既封閉又不自由，法律也是，是一個想帥都帥不起來的時代。台灣修法之前，開庭多以書面審理，針鋒相對的詰問反詰問是修法後才有的過程。現在開庭過程精彩多了。

我人高嗓門大，眼神犀利，好勝又強勢，有把握官司不會輸，辯論（吵架）非贏不可。可惜職業不是點菜，不是有錢想點什麼就點什麼，也不是有胃口想吃什麼就吃什麼。就算我想要，就算命中註定，沒把學科讀好，有些職業（尤其是師字輩的專業）還眞的一點機會也沒有。

算了，沒有女法官，至少還可能是交際花！

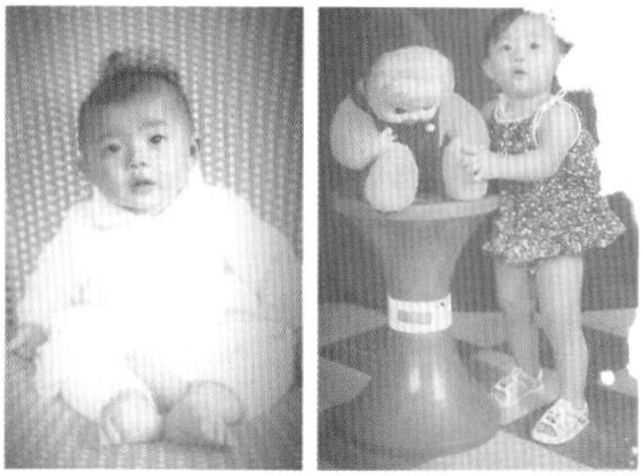

星媽帶交際花去拍宣傳照。當時相機太貴並不普及，想拍照得到相館請攝影師幫忙，一年拍個一、兩張紀念。

誰來在我的臉上寫一個囧字？

「小端的照片從相館拿回來了，照得好美，人美當然拍得好看，無怪乎他們也留一張小端的照片在相館裡面。」「小端和爸陪媽到學校，人人讚美小端發育良好，長得又美。」媽媽喜歡對著日記許願，三天兩頭就讚我生得好，長得美（間接吹捧自己）。

「傍晚村內的陳太太來看小端，以爲小端四個月大了（實際兩個半月），她照顧過的小孩都沒這麼高大，這麼早熟，還說小端長得美，將來一定很多人追求。」「小端越來越可愛，每次出門總會想她，她爸也認爲她太美了，才會一直抱著她。只可惜眼睛怎不早點變雙眼皮，看起來不是更美嗎？」

媽媽一定被「交際花」這個詞給洗腦了，以爲有這樣的命，就有這樣的條件。爲了讓我的外表更有成爲交際花的本錢，不讓我早點學站，就怕成了O型腿，有機會就不斷拉我的腳，希望它們又直又長，更常趁我睡覺的時候捏我的鼻子，希望長大可以變高一點、挺一點，還會用小剪刀修剪我的睫毛（好驚悚的畫面），要它們長一點再長一點。

關於外表，能幫的，爸媽都盡力了（其實，多存點錢就可以了啊）。喔！努力這麼多，五年後不但沒有出現期待中的雙眼皮，還整個縮水！

「人家說結婚生子買獎券中獎機會多，也有人說把小孩的肚臍偷偷放入男人的口袋買獎券，若此小孩有福就會全中。我試了，偷偷把小端的肚臍放在她爸的口袋裡，陪他一起買了三張獎券，都沒中，難道小端不夠福氣？」

沒有大腦，沒有外表，沒有女法官，沒有交際花，連福氣都沒有?!

哪來的命中註定？

越來越醜

國中時期，我非常不喜歡自己，從頭到腳、由裡到外都不喜歡。這麼多的不喜歡跟心裡缺口太大有關，我看不見自己的好，習慣性的挑剔自己，最後放棄自己，賴（爛）在那裡嘆息、生悶氣。

我不喜歡我的長相。我的單眼皮皺褶很多層，這種眼皮很長很重，重

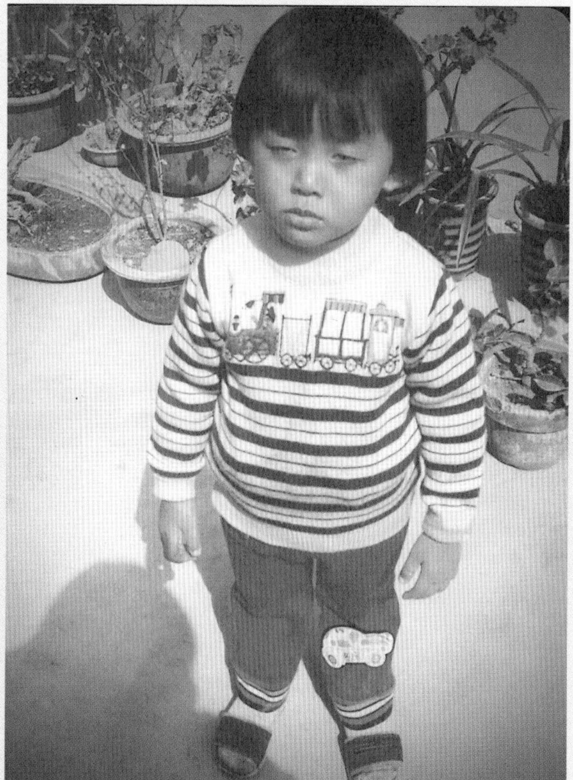

五歲之前，我的頭髮是媽媽拿著碗蓋、把報紙剪一個洞套在脖子上剪的。髮型對一個人（的自我認知和自我滿意度）非常重要，為人父母者請慎重！

到連睜大眼睛都懶，任由眼皮鬆弛的下垂著。眼睛不但小，還對光線過敏，太陽一照眼睛就會睜不開，還會連續打好幾個噴嚏，一出門就是苦瓜臉。醜上一層樓的是那副八百七十五度的厚片眼鏡，再大的眼睛都會五倍濃縮。戴這麼厚的眼鏡還常被其他長輩誤以為成績很好（苦笑），爸媽也跟著一起笑：「又不是多會念書。」我心想：還不都是你們害的！

從小爸媽不准我看漫畫，只要發現就沒收，如果反抗，就會整本丟掉，我得拿自己的零用錢到漫畫店賠錢。賠到沒錢，只好陽奉陰違的躲在昏暗的廁所（我常把漫畫塞在肚子偷渡進廁所，門一關就在裡面待很久，媽曾懷疑這孩子也大太多次便了，不停敲門）和熄燈的棉被裡（有一次被爸爸發現，我馬上塞入枕頭下，奮力抵抗爸爸要翻我枕頭的蠻力），靠著微弱的光線偷看漫畫，揮霍視力。等我發現世界一片模糊，快看不見的時候，已經八百度了……

「下午爸爸看到小端的鼻頭有兩個針頭大的黑點，擔心小端長了雀斑，將來會變醜，我也跟著擔心起來。結果洗澡時無意中一看，鼻頭的黑點消失了，大概只是小端用手抓傷的痕跡吧。」爸媽沒看錯，那顆黑點越來越大，最後長成一顆立體又深耕的痣，在鼻子上方偏右的位置。

痣是小事，反正我近視很重（拿掉眼鏡後，完全看不清楚完整的五官），照鏡子也從不把焦點放在痣上面。但這顆痣帶給我不少麻煩。

「妹妹，妹妹，妳應該把痣點掉，痣在這裡會剋夫喔！」就是有這麼假好心的大人，我才幾歲就說我剋夫。

「小姐，我幫妳把這顆痣除一除，要不然走到中年運衰啊！」「小姐，妳要不要找時間把痣處理掉，這裡漏財耶！」有時在夜市經過點痣面相攤，我就會因爲鼻子上的痣被攔住。

如果有天我決定把痣割掉，絕不是怕剋夫（反正也嫁不掉），也不是怕漏財（反正又沒錢），而是爲了不想再聽見這些失禮又負面的話（我不會把痣點掉，那是專屬於我的符號。老天在我最明顯的鼻子上做了記號，一定有他的旨意；姜至奐和全智賢鼻子上都有痣喔）。

和痣比起來，更困擾我的是目標過於明顯、解析度太高的厚唇。好在我國中、高中都讀女校，沒有討厭的男生拿我的嘴巴開玩笑（很多跟我一樣厚唇的朋友都被起了「香腸」或「大腸」的綽號），頂多是同學們聊天時會對著我說：「我覺得妳長得好像梅艷芳喔！」另一位同學說：「是嗎？我覺得比較像蔡琴。」都是巨星！有讓我好過一點。

我拿厚唇沒辦法，只能一直緊閉雙唇試圖縮小面積，所以我拍照總愛抿嘴，長期抿下來，把下巴那坨肌肉鍛鍊得格外有力且凸出。

左邊那位男人婆是我。在女校剪男生頭很酷，表示：我跟一般女生不同！我要走自己的路！（走歪了？）

除了五官，蓋在頭頂上的髮型也讓我無言。我的頭髮既軟又稀疏，額頭扁平，兩側麥當勞禿。剛上國一時，台灣還在戒嚴中，髮禁還未解除，當時頭髮的標準長度是耳下一公分，不能有瀏海，必須用髮夾把前額所有瀏海往上夾，如此一來我的麥當勞禿便無所遁形。每天早上對著鏡子看著自己很醜的髮型，很醜的臉，不想出門。我走路低著頭，希望沒人看見我。實在不明白教育部把國中生折磨得這麼自卑有什麼好處？

一年後，台灣解嚴了，歷經兩代四十一年的髮禁終於解除。髮型雖然自由了，但我還是搞不定我的頭髮。我想不通爲什麼沒人可以幫我剪一個不醜的髮型？我要求不多，只要不醜就可以。班上美女同學的頭髮只要輕輕一撥，打薄恰到好處的層次就會乖乖卡在上面，不會掉下來，我的後腦勺扁、頭頂油、髮尾毛燥，集所有髮型問題之大成。

我曾經爲了搞清楚頭髮怎麼剪才好看，想當學徒學剪頭髮。每次到家裡隔壁的家庭美容院剪髮時，都會特別仔細看著鏡子，研究頭髮怎麼剪，回家再拿洋娃娃練習。結果慘不忍睹，眞抱歉！我學錯對象，看我的頭髮就知道啦，剪一次二十五元，也只能這樣。後來我用毛線做了一頂假髮和毛帽彌補我的洋娃娃。阿門。以後我便專攻編髮。

好吧，既然沒救，不如剪個男生髮型算了。

綜合以上，我是有著一頭狗啃男生髮型、皮膚黑、下巴凸、單眼皮、下垂眼、鼻子長痣的大嘴女。我比任何人都清楚自己的長相，比任何人都嚴格的給自己評價，往後只要有人批評我的長相，我都覺得他們說的也「還好」而已。

喔，還有聲音，自從我媽用「狗聲乞丐喉」形容我後，我也開始嫌惡自己的聲音。音樂課永遠對嘴，歌唱考試要對嘴打混過關沒那麼簡單，可見我雙簧演得多好。因爲不喜歡自己的聲音，也不喜歡被點名唸課文，安安靜靜的課堂上只有我的聲音會讓我好緊張，因此始終無法唸順一段文章，結結巴巴、亂七八糟。我很討厭唸課文時候的自己。

唯一不在我討厭清單裡的是我的身高。不過，在那個不懂事的年代也曾白目的想著：要是再嬌小一點多好。所以我一直駝背。

在最彆扭的青春期，看得到、聽得到的我都嫌惡，慘不忍睹。

再複習一次，右邊那位頭髮剪壞的男人婆是我。

才不想做自己！

我對自己好多好多不滿，常常羨慕別人，用日記跟老天交換條件。「如果我是XXX……我一定好好念書，長大一定游去四行倉庫送國旗……」換句話說，反正我不是XXX，所以我也不必好好念書。

XXX不是特定的人，我想變成的XXX有很多對象。其中一個XXX是國小班上的白富美（皮膚白皙、家裡有錢的美女），擔任康樂股長，體育課時負責帶操，長髮甩甩，身材姣好，就算穿著那麼土的運動服，還是那麼好看。還有一個XXX是國中班上的白富美，眼睛是優雅的內雙，正宗的櫻桃小嘴，被男校的王子浪漫的追求，兩人一起騎著單車上學的畫面是我們這個小世界裡的偶像劇。

她們的每個細節都讓我羨慕，頭髮、五官、皮膚、手指、身材，可以買最新最漂亮的鞋子、襪子、手帕、腳踏車和鉛筆盒……集三千寵愛在一身，盡享榮華富貴。我把這些表面的條件放大成為全世界，狹隘的認為我們的命運從此決定，完全不知道也不相信自己有機會改變。

我的環境沒有養分，我的心靈乾涸，沒有能力給自己希望和安慰，只能對著鏡子嘆氣，幻想有天在路邊撿到花仙子的七色花鑰匙或貝露莎的魔法棒，唸個咒語、轉個身，就可以變成XXX，甚至比XXX更好的XXX。

我還不懂「想擁有多少，就必須付出多少」的道理，也不知道怎麼開始努力和改變。我看不見自己，也不想看自己，目光總在別人身上，羨慕別人的好命。

我的自卑腐敗成憤世嫉俗、怨天尤人，對自己不滿，連帶周圍的一切都討厭，討厭家人，討厭老師，討厭校規，討厭未來，未來只會越來越糟。可怕的負面情緒和意念越來越擴散，我對自己挑剔，也對別人苛求，看什麼都不順眼，任何小事都會激怒我，和別人的衝突越來越多。

我的生活烏煙瘴氣。十三歲到十五歲的青春期是我人生最暗黑、最寒冷的冬季。一個人常沒來由的嘆氣，好想遠離家，遠離學校，遠離身邊的人，擺脫這些痛苦難挨的井底世界。

寂寞，就是變強的時候

在酷寒又暗黑的青春期，發生一件雪上加霜的事，證明什麼樣的意念一定會引起什麼樣的效應。

國中二年級的行事曆上有兩個重頭戲，一個是愛國歌曲比賽，另一個是英文歌曲比賽。過程一樣，只是曲子不同。整個年級有二十四個班，每班五十人，由音樂老師指導，選班上二十五個人上台。我們班的參賽歌曲是〈國家〉和〈The end of the world〉。愛國歌曲比賽在先。

爲了選伴奏，老師問班上哪些同學會彈鋼琴，各自準備一首曲子演奏。我準備了小奏鳴曲，其中一位同學彈了理查·克萊德門的〈夢中的婚禮〉。我第一次聽到這麼迷人的旋律，跟我學的音樂完全不同，回家路上特地繞到書店買了理查·克萊德門的琴譜自行練習。

音樂老師下課閒聊問我想不想當伴奏？我緊張又客氣的說：「蛤，確定嗎？」嘴裡支吾抗拒，心裡是接受的。手上拿著〈國家〉的琴譜，好期待快點練習。

老師彈了〈國家〉的伴奏讓我們練唱。這首歌的伴奏編曲情緒起伏十分鮮明，前面彈奏動之以情：「沒有國哪裡會有家，是千古流傳的話，多少歷史的教訓證明，失去國家多可怕。」中段激勵的鼓舞：「炎黃子孫用血和汗，把民族的根扎下，多少烈士獻出生命，培育出自由的花。」後面是本曲的高潮，也是精神所在，大聲的吶喊：「國家！（伴奏：登登登）國家！（登登登）我愛的大中華！（登登登登登登）（登登登）四海之內的中國人，永遠在青天白日下。」最後三句：「國家！（登登登）我愛！（同步登登）中華！（同步登登）」俐落按下琴鍵的登登登實在太帥了！

開班會的時候，老師宣布合唱成員和伴奏名單，結果伴奏是指揮的好朋友。

「?!」我心裡很錯愕，但完全沒表現出來，因爲不敢爭取，也不想和同學作對，更不想被說愛現、自以爲很會彈？我什麼話都沒說，但心裡有座垃圾山過不去，爲什麼不是我？她比我更好嗎？

沮喪、傷心、失落，心裡那座垃圾山越堆越高，覺得自己差，覺得被比下去，長久以來的自我嫌惡和嫉妒讓我沒辦法恭喜和祝福別人，身邊的好友也沒對我說些什麼安慰的話，於是心想，妳們一定也覺得她彈得比我好，比我適合（其實是因爲我置身事外的模樣讓她們以爲沒事，也不想小題大作）。

我一連串非黑即白的過度推論，讓自己靜靜的生了好一陣子悶氣，不跟任何人說，也覺得沒什麼好說，多說搞不好只是證明自己眞的爛，還留給別人說閒話的把柄。我決定裝病（假裝失聲、咳嗽）不參加合唱比賽，一個人排擠全世界。

爸媽當然不知道我發生什麼事，我不想多說什麼讓他們有機會落井下石。他們也許會安慰我：「把機會讓給她沒關係。」但接下來一定會說：「把時間拿來讀書準備考試多好！」我會這麼討厭讀書不是沒有原因，因爲爸媽不是頂尖業務員，老是用這種死路一條的方式，實在很難讓我買單。他們不可能懂我的心情。

憤怒是強度很大的情緒，好好利用就是最激勵自己的動力。村上隆說他的創意都來自恨意，我懂。我把憤怒轉念成革命抱負！把情緒投射在演奏上，拚命練習〈國家〉，用琴聲發洩情操（情緒），慷慨激昂的程度剛剛好。我要彈得比誰都好！我連隔壁班的〈中國一定強〉都練了。就算沒當成伴奏，我也不讓自己練習伴奏的權利被剝奪。

我不是想幹掉她，只是想證明自己不差。我不會讓自己成爲那種沒實力只會搞小動作的賤貨，我只想讓自己變強，讓自己過得去。

因爲沮喪低潮懶洋洋，每節下課我誰都不理（繼續裝病，失聲咳嗽），屁股黏在椅子上默默溫習（因爲沒事做，趴著睡覺又太軟弱），放學後馬上衝回家練琴。我沒空寂寞。沒想到，那次月考成績出奇的好，好到我以爲這輩子就要翻身了！

當時有一群新朋友對我很好，是剛轉校進我們班的籃球校隊成員。因爲同坐最後一排，她們見我生病這麼久，好熱情的送我巧克力、不停幫我倒熱水。後來我便常跑體育館看她們練球，幫她們送水、加油！也開始愛上籃球！

愛國歌曲比賽那天，我也到現場觀賽，想看看所有伴奏表現如何。到了會場，我渾身不舒服，那眞是一個非常大的場面，全年級二十四個班，一千多人齊聚大禮堂。不用上台，光看著人潮，我就幾乎無法呼吸，胃也抽痛起來。

我忘了自己有嚴重的上台恐懼，完完全全的忘記。要是讓我上台伴奏，搞不好一個音都彈不出來，還會因爲過度緊張，整個月沒辦法好好過日子，肯定讀不下書。

這麼一想，完全清醒，大大鬆了一口氣，感謝老天沒讓我上台，感謝。

我的心理狀態還沒準備好，這樣的結果是最好的安排，讓我同時苦練了琴，讀好了書，沒失去原本的朋友，還交到更多換帖的新朋友。

是俠女還是不良少女？

一直到十幾歲，我身上還沒出現任何一個祖父預言的雛形，還漸漸走樣，爸媽越來越擔心我的未來。

媽媽有個沒寫在日記上的秘密，也是祖父偷偷叮嚀交代的秘密：所謂的成名，如果不是聲名遠播，就可能是聲名狼藉，惡名昭彰到上報紙頭版那一種，也就是若不是爲國爭光或好人好事代表，就可能是毒梟、殺人魔或賣淫的人蛇集團。眼看著我離爲國爭光越來越遠，究竟這個少女將如何發展？讓我們繼續看下去。

爸爸回憶國中時看到我只能搖頭，想幫我，卻一直被我拒於門外（畢竟誰會對大野狼開門？當時我覺得他只想摧毀我的世界）。他笑著說：「我朋友跟我說他在路上看到妳，像個小太妹一樣，我還跟他說一定看錯了，那不是我女兒。但我心知肚明那一定是妳沒錯。」誰說我是小太妹？我是頂天立地的大姐頭。

套句《翻滾吧！阿信》電影裡的口頭禪：「蝦款？」
（媽媽自作主張的拍下這張「合照」）

那段不被了解又孤單寂寞的歲月，我跌跌撞撞的尋找自己的定位，終於找到了適合自己的角色。我把嫉惡如仇的情緒昇華成路見不平、拔刀相助的義氣。我真的好適合當俠女，不管是不服輸的性格還是人高馬大的體格，都很適合。我非常喜歡給別人信賴的安全感。

小學六年級，我非常勤奮練習橡皮筋跳高。我從沒把勤奮放在讀書上，但也沒浪費我過人的專注力和變態的重複力，重複的投入單調且無變化的練習。

橡皮筋跳高是七〇年代小學校園非常流行的遊戲。玩法是將所有人分成兩隊競賽，一隊先攻，另一隊先派兩個人拉住橡皮筋繩的兩端，控制橡皮筋的高度。通常隊裡最高的兩個人負責拿橡皮筋（越高，對手越跳不過），隨著橡皮筋的高度慢慢變高，我們一關一關的跳過。

第一關，負責拉橡皮筋的兩位先蹲著，橡皮筋的高度從地上開始，慢慢移到膝蓋、肩膀、頭頂，然後站起來把橡皮筋繩放在腰部、腋下、肩膀、耳朵、頭頂、頭頂上加一個拳頭、頭頂上加多一個手掌、把手舉高，最後一關是墊腳手舉高的「萬萬歲」，然後再從頭開始。

高度在腰的時候，我們得遠遠的助跑，以飛翔的姿勢躍過那個高度。

小學六年級的畢業旅行。我真的不記得自己長這個樣子，相信嗎？有段時間我幾乎沒照過鏡子。

通常到腰部這裡就有很多人闖關失敗。當橡皮筋繩放到腋下的高度，就可以用勾腳的方式過關。

勾腳這招除了自己過關，還可以救人，讓全隊的人跟著你一起過關。把腳勾住橡皮筋繩後，再把橡皮筋壓下來（或壓到地上），讓其他人輕鬆走過、跳過。

通常，橡皮筋跳高是男生玩的，女生比較不在行，一來身高較矮、彈性不好，二來穿裙子不好活動。人家說很難，我偏要玩，想證明那根本不難。

我花很多時間和同學、鄰居、弟弟、堂弟們練習跳高，反覆一直重來、一直跳。感謝身高的優勢（當時班上數一數二），只要我抬腿，通常都可以輕鬆征服「萬萬歲」，我還可以飛起來勾腳、壓線跪在地上，姿勢實在很帥。

每一隊都需要一個可以拯救大家的英雄，這樣一整隊就可以無止境的玩。

我就是那位英雄，每個人都想跟我一組，輪到我跳的時候，旁邊的同學們就高聲喊著：「端，救我！」我感覺背後揚起五輪金光，燃燒無敵強烈的使命感。

我喜歡被需要，我想當英雄，享受救人那一刻的虛榮。下課遊戲時救人，平常上課也救人。

當時班上男生常欺負一位女生。那女生個子小，坐在第一排，很安靜，很少說話，濃眉大眼，因爲她的臉毛、手毛、腳毛都長，男生給她取了很多不太好聽的綽號。

她從不回應，不管別人怎麼鬧她，始終一個人靜靜坐在位置上溫書、寫字。我長得高，嗓門大，朋友多，看不慣（不忍心）她被欺負，於是跟坐她旁邊的男同學換位置。只要有人故意捉弄她，我就幫她反擊。畢業旅行也跟她坐，沒和自己原本的朋友們在一起。畢業旅行的最後一個晚上，我們可以自由在台北市區逛逛。她說她爸爸在台北工作，想請我吃飯。於是我被帶到台北好高級的西餐廳吃飯。

我喜歡對別人好，喜歡別人依賴我保護和拯救的感覺，這讓我很有存在感，剛好取代我長得醜、功課又差的自卑感。只是俠女形象不好拿捏，上了國中，繼續把這角色做大的時候，不小心就走偏了。

我一直認爲自己做的是好人好事。只要有人欺負我的朋友，我一定出手反擊；有人妨害善良風俗，我一定站出來糾舉；有人做不合理的事，即使是師長，我也敢指正。所以我常跟兇得要命的老師作對，和別班沒禮貌的同學鬧翻，對路邊露鳥的變態開罵。

好幾次趁著送作業到老師辦公室的時候，「順便」幫同學拿回被老師強行沒收的少女雜誌和畢業紀念冊。訓導主任每次都要跟我爭辯頭髮耳下幾公分的位置，於是我便剪了極短的男生髮型，讓他別再囉嗦，但偷偷藏了兩條長長的流蘇鬢角在耳後，當成「陽奉陰違」的叛逆。還學教官在制服背後燙出筆直的三條線，校規沒規定不能燙衣服，但學生燙成這樣怎麼看都有點挑戰的意味。

媽媽要我在裙子裡穿安全褲才能出門，我就在裙子裡穿著捲到大腿的運動長褲，結果褲管太鬆，邊走邊掉，露出一截在裙子外面。訓導主任（很兇的老男人）遠遠看見我掉下來的褲管，大聲喝斥命令我把褲子脫掉：「站住！把褲子脫掉！嚴重毀損校譽。」「我才不要脫褲子。」我一邊跑給他追，一邊很失禮的指著因過胖而跑不動、追不上我的主任呵呵笑。

我從未被記過，從不說髒話，還常因當糾察隊、當學藝股長或捐錢給慈善機構累積好多嘉獎，但我的成績、髮型、表情、行爲和穿著怎麼看都像個「小太妹」。我讓學校頭痛，學校卻不能說我壞。

自以爲是俠女，看起來卻像「不良少女」。

強硬的外表下藏著一顆無知又無助的少女心

我喜歡當英雄，也散發著男人味，但內心其實是個好渴望被愛，好想談戀愛的軟弱少女。

突然這麼關注起自己的外表，還不是因爲上了國二之後，身邊出現了喜歡的男生！開始用男生的角度檢視鏡子裡的自己，然後殘酷的承認自己完全沒有競爭力。如果我是男生，我也不想跟鏡子裡那個兩眼無神又沒有光彩的女生約會。

我才十四歲，這種煩惱沒有長輩或朋友可以商量。爸媽絕對反對，朋友一定覺得我和天鵝肉不配。

我喜歡的對象是隔壁男校大我一屆的國三學長，我眼中全補習班最高最帥的男生（還有六塊肌）。但學長喜歡我學姐，他的好朋友也喜歡那位學姐，不過學姐當時已經有了一位更高更帥的夢幻男友（高職一年級生）。

我好羡慕學姐，長得漂亮又聰明、身材又好。她家好大好大，分出好

二十五年後，我身邊還留著八本，這些書實在太經典，捨不得丟。

多房間租給遠距上學的學生們。

學姐的房間是我房間的五、六倍大，房裡直接擺了兩張上下舖，好多姐妹都到過她房間過夜。學姐也熱情邀我到她房間一起住，可以陪我一起念書。這條件好吸引人！可是我不被允許在別人家過夜（嘆）。一年後，學姐考上台南女中，多夢幻的幸福劇本！聰明的美人命好好，身邊總是圍繞著崇拜她的學妹、疼她的長輩還有愛她的男友，每天總是笑得開開心心（啊！當時好想變成學姐，好想醒來就跟她交換靈魂）。

我好想有個姐姐，要是住進學姐家裡（租個房間也好），是不是可以提早找到讀書的樂趣和成就感？也許她會是我的明燈？

可惜我是老大，我得一個人面對一大堆無解的難題。好煩惱。

放學後我不想回家，寧可在書店街流浪（我家就在台南有名的書店街附近），逛過來又逛過去，書架上每一本標題寫著少女、戀愛、占卜的書，都變成我人生的關鍵字，照得我眼睛發亮，在書店看都看不完，於是一本接著一本買回家自我安慰，架上所有的少女讀物幾乎都被我買光。

1.《**少女戀愛與幸福**》：渴望戀愛的少女該有的心理準備，書裡有各種心理測驗解釋妳的性格，哪個星座要做什麼樣的裝扮才有機會遇見心目中的白馬王子。如何佈置一個戀愛的房間。妳會在哪個地方遇見妳的眞命天子？

2.**《少女戀愛與占卜》**：書裡有各式各樣的心理測驗用來了解自己是什麼樣的人。什麼樣的男生適合自己。還有好多奇妙的咒語和魔法增加自己的戀愛機會。

3.**《個性判斷與分析》**：從妳的睡姿、拿咖啡杯的姿勢、手插口袋的方式、摺紙的方式、喜歡哪種皮帶、留著什麼髮型……等等徵兆來分析妳的性格。

4.**《O型血型生肖占卜》**：對照生肖和血型分析人生歷程、性格、人際關係和健康。

5.**《占卜百科指引》**：用撲克牌占卜自己適合哪個工作？旅行該往哪個方向去？會不會發生令人掃興的事？諸如此類。

6.**《獅子座的命與運》**：除了有每一天出生日的性格外，還搭配血型，分類人生整體運勢、健康、戀愛、婚姻、人際關係、金錢、職業以及適合的座右銘。

7.**《愛的占星術》**（兩本不同版本）：解開男孩子的面紗，哪個星座的男生最花心？不同星座的牽手方式，哪個星座的男生最愛遲到？遲到時的說詞是……

一煩惱我就翻書，一好奇我就到書裡找答案，套句媽媽說的：「讀書要是這麼努力，台大都給妳考上了。」是啊，台大要是考這些，我一定榜首。我不厭其煩的用撲克牌占卜，同個問題一天可能占卜個四、五遍（好變態），算算哪個男生跟我的緣分比較多，把我的名字筆畫和他的名字筆畫加起來，總合再除以四，餘數就是緣分，餘零整除，緣分百分百，餘一是25%，餘二是50%，餘三是75%。

因為對自己太沒自信，只好從星座、血型和生肖中尋找我在別人眼裡的優勢，這些我在家裡和學校都找不到，只能從書裡挑揀一些好話幫自己貼金。

「怎麼做才能得到幸運？」我的人生沒有幸運，只有莫非定律。「怎麼做才能得到愛神的眷顧？」好土，但我真的好需要。

為了看未來老公的長相，我半夜在關燈的房間點蠟燭，對著鏡子削蘋果，一直削，一直削，最後老公沒看到（這麼靈異的事，還好沒看到），卻意外練成用水果刀環狀削蘋果皮不間斷的特技（早知道應該拿去選秀大賽當才藝表演）。

前幾天又翻起這幾本少女讀物，驚覺所有內容完全脫離現實，我當時應該把它們當小說，而不是心靈火鍋。

美女好友CPU隨手拿起一本，邊翻邊笑：「誰會看這種書啊！」

哼，妳們這些從小就被人追不停的美女不懂啦！這是悲情少女的救命丹，靠它維持生存的希望。

長大後經過多次的自我探索後終於明白，「我」才是全世界最了解自己的人。

仔細想想我眼中的自己是什麼樣子？別人眼中的我又是什麼樣子？未來的我又會是什麼樣子？不急著說：「我不知道。」練習說：「我想一想。」我喜歡什麼樣的男生？什麼樣的男生適合我？

這些問題的答案只需要眞心、坦白和承認，不需靠星座、血型、生肖配對，更不需要心理測驗。心理治療的過程全靠自己敘說，透過諮商心理師的引導，眞實的面對自己的感覺，坦白的說出自己的想法。

並不需要另一個人來幫你解釋「我是誰？」。

爲什麼有這麼多人喜歡被別人論斷自己的性格和想法？看著生辰、掌紋，說自己以後如何如何、怎樣怎樣，然後一句話都不說的拚命點頭。好奇妙。爲什麼要讓別人預測你可以做什麼？不可以做什麼？

想知道自己喜歡的他是什麼樣的人，就該花時間相處；想了解他在想什麼請直接問他，而不是問天問地問別人。

觀察他喜歡的人事物，那透露他的理想；問問他重視什麼，那透露他的價值觀。觀察他和父母互動的方式，因爲那可能會是你們未來的相處模式；觀察他的朋友，因爲朋友是他內在一部分的自我。有個說法，你就是你身邊五個好友的平均數，每個好友都有一部分你的性格、你的影子。

所以你的朋友好重要，別人也可以透過你的朋友觀察你。

想得到幸福，就要兩個人面對面相處，而不是單方面躲在房裡占卜。很多經驗無法靠想像，一定要親自經歷一遍才行。談戀愛前光想著：「這人適不適合我？」所有評估都不準，因爲彼此還不是情侶，不會發生情侶可能面對的問題，加上兩人關係不穩定，對方不可能在你面前表現眞正的自己，你所能評估的只是外在條件，而那些都不會是生活、相處的必要條件。

我完全努力錯方向。

但是你猜怎麼了？

一年後，我竟如願和夢中情人交往了！這是我作夢也不敢想的結局。

成功的原因當然不是靠占卜選良辰吉時，是我好友再也忍不住，忽然急中生智、放手一搏的在學長面前幫我告白。

那天晚上補完習，我們三個一起去冰店吃冰，好友趁我去洗手間的時候，毫不拐彎的告訴他：「我一定要告訴你，蘇陳端非常非常喜歡你，她暗戀你一年了，對她來說，最大夢想就是跟你在一起。」

喂！怎麼可以這樣隨便戳破我的美夢！亂了我的節奏！我還沒照書上做我的戀愛小魔法啊（差點把她踢飛）！

他很驚訝，完全感覺不出我喜歡他。也許因爲我太過自卑，面對喜歡的人，極度害怕被識破而僞裝成完全不在意（反向作用的防衛機制），甚至假裝討厭（掩飾得太過分），就怕被看穿後，瞬間失去暗戀或相戀的權利。

他看著我面紅耳赤，於是做了一件解除尷尬的事。

他拔下他手上戴的史奴比卡通戒指，拿給我：「不好意思，我什麼都沒準備，這個就當作我的定情物。今天就是我們的交往紀念日。」

什麼？成功了？我默默在家占卜一年，還不如這一翻兩瞪眼的衝動。天啊！我眞的不敢相信。

某男性友人曾經說過：「如果知道哪個女生喜歡我，我就先加她個五十分。」我可能因此馬上被學長加五十分。後來我問學長爲什麼願意跟我在一起？他說因爲我對他很死心塌地，整整暗戀一年，人又長得安全，應該不會變心，讓他很有安全感。

沒想到長得安全也有吃香的時候，我最討厭的弱點忽然變成愛情世界裡的優點。

這讓我發現，就算我再怎麼揣摩對方的心情，都猜不到對方所想。我以爲我的樣子不是他喜歡的型，他卻答應跟我在一起。這經驗給我很重要的領悟。

一直到現在我還是很感激學長成全我的夢想，爲我的青春製造非常多浪漫的回憶。

當他朋友笑他「女朋友長得不怎麼樣」的時候挺身幫我說話，不顧朋友翻臉站在我這邊。放學時用很帥的姿勢站在校門口對面等我。有天，他打電話到我爸的事務所，我剛好在那裡上家教課，電話中，他問我想不想見他，我說當然想啊！約了下課在老地方見，又隨便聊了幾句後，他說有人問路要我等一等，我拿著話筒在電話這頭等著，忽然聽見有人敲門，一開門，是他！

他改掉我愛嘆氣的壞習慣。只要嘆氣，他便對著我唱：「女孩，爲什麼哭泣？難道心中藏著不如意。女孩，爲什麼嘆息？莫非心裡，躲著憂鬱。年紀輕輕，不該輕嘆息，快樂年齡，不好輕哭泣，拋開憂鬱，忘掉那不如意，走出戶外，讓我們看雲去。」（劉文正唱的〈讓我們看雲去〉）

我的春天在國三下學期來臨，我荒漠的青春終於開出花朵，過了幸福快樂的三個月。第一次被愛，第一次覺得自己幸運，第一次有美夢成真的成功經驗。

Chapter 2

為未知的明日準備

積極的心理是：我有資格成爲更好的人，過更好的生活。
成功學的內涵是：只要努力，我一定可以成爲我想成爲的人。
當一個人有了積極的心理，就接近成功的自己。

我們非常容易受暗示，重要的是找到對的sign

看了這麼多本星座、血型、生肖書，我對獅子座有十分的認識，對暗戀對象的星座也花很多時間了解。有天心裡忽然有個疑問……

咦？我的個性原本就像書上寫的那樣，還是因爲太常看這些書，受內容暗示或指引才演變成今天的性格？我的暗戀對象也許並不像書上寫的那樣想，卻因爲星座書那樣說，我就把他們的想法畫上等號，才會錯失良人？

十四歲的時候，我看《獅子座的命與運》，瞪大眼睛，有點開心，有點驚訝。「獅子座的個性開朗而快樂，很有幽默感，會吸引很多人。對人很有禮貌且很體貼，又慷慨大方，因此交友圈子很廣。」這是在說我嗎？

「獅子座一出生就是群眾的領袖，有堅定明確的判斷力，又有洞悉人心的能力，性格中帶有冒險，做事很有衝勁，上進心很強，懂得如何分配時間，做事從不半途而廢，達不到目的絕不放手。」看完這段，趕緊問媽媽：我的生日確定是七月二十七日嗎？會不會記錯了（再度懷疑不是她親生的）？

「不過，由於天生氣質不凡，很容易自視甚高，一旦被忽視或受到批評，會立刻翻臉。因爲他們認爲除了自己以外，沒有人比他們更好。獅子座的人很重視物質享受，不論食衣住行都要用最好的。因此有浪費之虞。」要是自視甚高就不會想要成爲別人了吧，我覺得每個人都比我好啊。

「獅子座出生的少女大多數有迷人的外表，因爲熱情活潑，個性浪漫，所以身邊不乏追求者。」我困惑了。我的人生完全與獅子座的命與運背道而馳，我到底是誰？星座根本不準！

雖然抱著跟身世一樣的懷疑，仍繼續研讀獅子座（無助的少女除了抱星座書，也無計可施），然後愛上獅子座，並相信：「對，這就是我。」

找不到自我成長的方法，先自我催眠再說。

獅子座的生活指南給了我定心丸，給了我上進心，給了我幽默感，給了我慷慨大方，給了我無限熱情，每當我想放棄的時候便想起「獅子座做事從不半途而廢，達不到目的絕不放手。」沒錯沒錯，我小時候也曾經這麼堅持過，我果然是獅子座。

當我什麼都不確定的時候，我只能選擇一個相信，然後相信我的相信。我相信我很好，我眞的很好，也如願的越來越好。

我相信自己是意見領袖，於是開始琢磨思想，練習表達意見，想辦法說服別人，越來越有信心。我相信我應該有迷人的外表，於是開始整理自己的儀容，從頭到腳。我相信自己能慷慨的給予，於是更大方的付出。

一切正如《秘密》的執行者，漸漸的，越來越多的幸運跟著我。

有養分的地方就可以成長，即使那裡不是天堂

個人中心治療學派的卡爾・羅傑斯（Carl Rogers）認爲，人本身有追求更好生活的本能，如果處在一個不受批評、被同理且無條件被尊重與關注的環境，就能做出最有建設性的決定，並追求自我實現。

我非常喜歡我的高中生活，那是我唯一想回到過去的時光。我愛學校建築也愛我的制服。

我在高中交到最知心、最挺我、最愛我的好朋友們，完全投入學習自己最熱愛的事（偷偷的），一天一天過去，越來越有希望，越來越有信心。我還是俠女，但這回是教官、老師都讚賞的俠女。

我高中聯考的分數很勉強，沒考上前兩志願的女中，也排不進第三志願，我考上離家搭普通慢車需要近一個小時（或更久）、男女合校的善化高中，一天就要花掉兩個小時以上的通勤時間，清早六點就得出門，傍晚七點才能回到家。

一想到每天浪費兩個多小時，一年就憑空消失六百二十六個小時，三年累積一千八百七十八個小時，讀完高中，我的人生有七十八天在移動中消失！（數學哪時變這麼好？）這麼一算，便一點也不想去那麼遙遠的學校報到。老實說，我只是不想這麼早起（至今不變）。爸媽則不希望我讀男女合校，內心存在女兒會被男人騙去未婚懷孕的恐懼（也不讓我出國念書，怕我會和黑人一起蹲在校門口吸毒。我在爸媽眼中到底是多壞的女兒啊）。

親子之間第一次有共識，第一次聯袂合作盤算該怎麼辦。

想辦法進一所私立女中好了。爸媽屬意管得很嚴的天主教聖功女中。這樣我不就白天有八小時待在管得很嚴的聖功，晚上又八小時活在管得很嚴的家裡，再留八小時做惡夢，這樣的人生還有什麼值得期待？而且我對全校都是淑女的環境好恐懼，再加上聖功好遠……上一段數字再重播一次。可不可以不要？

好險，我成績不好，進不去。

國中同學問我要不要跟她一起去基督教的長榮女中報到。簡介上說這是間擁有近百年校史的基督教長老學校，是台灣清末民初推廣女性受教育的啓蒙學校。爸媽看了很安心，把女兒送給天父掌管是最好的決定。我便和國中同學相約，一起到騎腳踏車衝刺只要十分鐘、放空騎只要二十分鐘的私立長榮女中普通科報到。此時正是長女從職業學校轉型綜合高中的時期，我是普通科第二屆學生。

我沒考上台南女中是爸媽人生中很大的遺憾，應該是傷心至極了吧。當時我們家搬了兩次，每個家離台南女中都只要五分鐘，爸媽的意圖很明顯（我媽信仰孟母那套）。

爸媽生於戰後，家裡務農，白河大地震後從貧窮變得一無所有。爲了改善生活、改變自己的未來努力用功念書，在昏暗的角落、擁擠的地方苦讀。他們都是第一志願的好學生，靠著高考白手起家，讓家人一起過著好日子。他們的人生寫著科舉時代窮書生翻身的勵志故事，他們相信學歷和專業是天災人禍奪不走的財產。

本以爲我和他們一樣，流著刻苦的血液，走他們的路，結果我卻在他們的劇本中脫序演出。他們是盡責的牧羊人，我是脫隊的黑羊。隨著年紀越來越大，他們也越來越抓不住這隻又肥又壯的黑羊！

當時長榮女中普通科只有兩個班，一個是我念的忠班，普通班，一班五十五人；另一個是入學分數較高的孝班，保證班，一班只有十幾人，教室超寬敞。又因爲成立時間過短，師資有限，只有教第一類組的老師，沒得選。

很多人因爲長女普通科成立時間短、師資不夠、班級數少、類組沒得選，而覺得這裡不太有希望（剛解嚴的台灣，考生多，大學數量很少，只有三萬人可以上大學），我卻在這裡看見我的曙光。

可以馬上脫離物理、化學和生物，是我對長榮女中一見鍾情的原因，我的成績少了這三科（拖油瓶），突飛猛進，怎能不狂歡慶祝！新加入的三民主義（現在已廢）又和我心心相印，我好似被國父附身，他的理念完全和我一致，不不不，是我崇拜國父的理念才是，我的人和我的心，都好適合追隨國父當革命先烈！考試的時候幾乎可以把三民主義課文默寫出來，分數大約維持在九十五到九十七分左右，選擇題幾乎全對，四題申論意思意思扣一、兩分，提醒我：我不是先烈更不是國父。那陣子我忽然好想當立法委員，一心想促進大同世界，得意忘形的告訴爸爸，他只說了一句：「憑妳？誰要投票給妳？」羞辱人！眞想咬舌自盡。

國父思想影響我很大，我的俠女精神貫徹國父說的：「老吾老以及人之老，幼吾幼以及人之幼。」「社會要互助，智強富要幫助愚弱貧。」我喜歡幫助弱者，更希望自己有天成爲智者和富者，才更有能力幫助愚者和貧者。在長女期間剛好遇上百年校慶，貴婦人校友現身學校捐款數百萬，馬上許願自己未來也要進入貴婦捐款榜。

長榮女中是基督教學校，我們讀聖經，由牧師幫我們上人生哲學課。我從小在教會長大，讀聖經對我來說太熟悉了（是小助教），和牧師有非常多的互動。

學校除了安排正規的英文課之外，還幫我們安排英語會話課，訓練我們聽和說，幫我們上課和我們對話的是美國籍老師，高一老師是Mary，高二、高三是Paula。Mary上課常用英文歌當教材，教我們唱美國兒歌和當年流行的英文歌（一直到現在，我的最愛還是屬於我青春的那個八○年代歌曲），我被每首歌的旋律深深吸引！認眞研究歌詞，一首一首抄在筆記本上，聽過一遍又一遍，模仿唱腔和發音，每捲錄音帶反覆聽到快燒起來。

我熱愛英文歌，熱愛找老師聊音樂、聊美國生活，好想好想去美國。高中那幾年是我英文成績的顚峰，每學期的英文作文比賽和英文朗誦比賽都是全校數一數二，經常上台領獎。

到這裡之後，我整個人脫胎換骨（說是重新做人也不爲過）。在學科上開始累積成就感，慢慢從谷底爬起。

沒想到，我竟然敢發明星夢

我從未跟別人提過我想當明星，像喜歡天鵝肉學長一樣，是不能說的秘密。

我一直期待有個天上掉下來的機會，讓我可以不靠學歷就能翻身，所以特別喜歡看選秀或歌唱比賽的節目，評審說的話我雖然沒抄筆記，但全刻在心裡，呼吸、換氣、咬字、情感、音準、收放大小聲，非常認眞學。這些節目給我一個希望，或許我也可以靠比賽一炮而紅。

國二那年，一九八八年，我最鍾愛的選秀節目是《TV新秀爭霸戰》，這是台灣電視史上第一個爲（跟我同年齡的）年輕人舉辦的選秀節目，早前的比賽節目是《五燈獎》《六燈獎》，相對起來參加者年紀更大，比賽更難，過程更長，還在學校念書的年輕學生很難有機會出線。

一九八七年七月，台灣解嚴，日本流行文化開始進入台灣，日本翻譯雜誌紛紛出刊，終於有機會認識除了費翔、楊凡、徐乃麟、楊耀東以外的青春偶像，少年隊、光GENJI、男闘呼組、吉田榮作、加勢大周、風間徹和阿部寬……哇！我的眼界大開！看男人的眼光也更上一層樓。

演藝圈也受日本流行文化影響，開始複製日本明星的出道模式，打出團體牌（出道機會越來越多，一人紅，整團升天），偶像年輕化（十五到十八歲，和自己的年紀好近），經紀公司靠選秀節目挑人出道更方便，於是有了《TV新秀爭霸戰》。這節目給許多年輕人一個翻身的好機會，給十三到十五歲有才華的少男、少女一個舞台，讓他們可以靠自己的能力改變未來。

好多人都從這個比賽出道，紅了又紅，紅了又紅，這節目的影響超過二十五年。

當時節目廣告打出：「才藝美少女選拔賽，報名資格……」我直覺它在呼喚我（自以爲啦），看到廣告心臟就狂跳。

可是，台北好遠好可怕，對台南人來說，台北就像另一個世界。可是，我沒有好看的衣服上電視。可是，我不美。可是我的才藝還上不了檯面。可是，我還是學生，學校課業怎麼辦？可是爸媽反對怎麼辦？可是……

好多可是。

想做只有一個原因，不想做卻有一百個理由，「可是」的後面永遠是

我和小女孩徐淑娟。

藉口，說穿了就是心裡沒那麼想，自認自己沒那個命。

我好想知道哪個幸運的人可以得到才藝美少女的頭銜？密切關注這個節目。

徐若瑄當年用本名徐淑娟參加《TV新秀爭霸戰》的才藝美少女選拔。她一出現，我就看好她，也一路支持她。她有一雙又萌又電的大眼，還有無敵甜美的笑臉，非常吸引人。最後一關，她選擇表演的才藝是插花，一邊放電一邊把天堂鳥插入花盆裡，小小出槌，吐吐舌頭，更添可愛，無人能出其右的輕鬆奪得第一名。

她第一次參加比賽，沒有後台也沒有家世背景，還是學生，家住台中，大老遠不辭辛苦、不畏恐懼的北上比賽。她好勇敢，這一戰，從此改變她的命運，順利加入超夢幻的少女隊，幾年後又遠征日本發展，帶著她的勇敢，是少數從日本紅回台灣的女藝人。

好想成爲徐淑娟，好想和那群超棒的人一起練習，一起表演。好想，好想，體內的血液慢慢加溫，還沒沸騰，馬上就被一桶冷水潑過來。我自己潑的。

我不敢！一想到上台表演，便渾身發抖。

我想要，卻不敢要，因爲我不配。

讓我無法前進的上台恐懼症

這恐懼十幾年來未曾散去。

到了可以學習的年紀，為了讓我學好，更怕我變壞，媽媽用「學習」塞滿我的時間。除了讀書之外，我要學好多才藝，有些持續了十幾年。

五歲學舞蹈，六歲學鋼琴、畫畫，陸續增加的還有英文、作文、書法、珠算、跆拳道、硬筆字和查字典。星期一至六到不同老師家報到，有些一對一、有些小班制，每天都在上課，週末也沒空。我的表現一直不錯，常有舞蹈和鋼琴成果發表，畫畫比賽也常得獎。

小學四年級，某天晚上吃飽飯，我們全家一起散步到百貨公司裡面吹冷氣，逛著逛著，走到電梯口，一位小姐走過來遞給媽媽一張傳單：「歡迎幫女兒報名才藝小公主選拔。」

媽媽興沖沖的拉著我：「走走走，我們去報名參加吧，妳就是才藝小公主啊。」我聽不出媽媽是說真的還是玩笑話，我當場嚇得大哭，彎著

我

腰、拖著媽媽的手不停喊著：「不要！我不要！我不要報名！我要回家！」媽媽不放棄的想說服我，我哭得更歇斯底里，只差沒在地上打滾。

還是根本有打滾？我只是選擇性遺忘？

總之我的反應超乎預期的誇張，從未如此失控。

我當時好生氣，心裡覺得好丟臉！路人一定覺得我去報名「才藝小公主」選拔根本是自不量力。我長得既不美也不可愛，更不像公主，媽媽竟然這麼積極的想讓我在台上出醜，好過分。我心裡的陰影，媽媽不可能不知道……

幾年前，教會的聖誕 party 安排一段我的個人表演。那不是我第一次上台，卻是我第一次一個人跳舞，完完全全的一人主角，一人主秀。我很喜歡跳舞，花好多時間練習，表演前幾星期，我已經跳得相當熟練，好幾次穿整套表演服、化完整的妝在老師和親朋好友前表演，保證可以完美演出。

表演當天，我站上舞台，音樂一下，「啊！我在這裡幹嘛？我現在要幹嘛？」腦中轟的白光出現，耳邊鴉雀無聲，像靈魂出竅或鬼壓床，口乾舌燥，心跳加速，四肢無法動彈。我一個舞步都想不起來，連跟著節拍扭動身體的創意和勇氣都沒有。

舞台不高，但我的恐懼像站在兩百三十三公尺的澳門旅遊台上往下望，看著觀眾，觀眾看著我，場面一片尷尬，我立正、聳肩、傻笑，雙腳發抖直到音樂結束。

他們不太確定我的表演開始了嗎？結束了嗎？該拍手嗎？唯一不受影響的是我媽，在台下一直幫我拍照（我找不到這時候拍的照片，真的好好笑，爸說有張照片我還翻白眼）。

這個過程實在太可怕！危及生命的可怕，我幾乎無法呼吸、心臟狂跳、四肢麻痺、腦中一片空白，以前從沒有過這種情形，難道得了不治之症？剛好在這時候發作？

我好怕！從那之後我變得越來越膽小，越來越不敢再上台。連放學後站上司令台都有點腿軟。

隱約有個感覺，這輩子可能再也與舞台無緣，我沒辦法在舞台上好好表現自己，舞台越大，醜態越大。這個恐懼讓我無法前進。

怎麼辦？

如果沒辦法克服這個恐懼，我永遠都得不到機會改變自己，改變現狀。

爲了愛，我想做些改變

今年二月底，我和來台灣的香港好友聚餐吃燒肉，吃完後在深夜一點的光復南路上散步，路過附近餐廳，見一群鑽動的少女（夾雜著幾位少男），這時間、這規模，一定是巨大偶像出沒！

少女細細尖叫（怕吵到住戶）半分鐘後，一群人用飛快的速度鳥獸散，場面好似防空演習，又像上演警察故事，每個人非常迅速、確實、精準的衝入在路邊等候的計程車。計程車司機們本來分散在路邊抽菸，一見粉絲移動也訓練有素的馬上開車門、發動、趕路。咻！

我們是路過看熱鬧的鄉民，好好奇，好想知道是誰。身旁這幾位香港中女才剛從首爾看完Big Bang演唱會回來，Abby還在香港多看兩場，當時身上正穿著Big Bang官網賣的棒球外套。好怕錯過巨星（萬一是玄彬？），於是Vivian上前問：「請問你們等的是誰？是誰啊？」慌亂中沒人理她，繼續問了又問，有聲音回答：「Super Junior！」「喔，謝謝。」然後冷靜轉身，目送少女們離開。

由前往後Vivian、我、Abby、Kyon、CPU

要是回答Big Bang，她們可能馬上就跟車走了。

我會捨不得自己的孩子在凌晨寒風細雨裡排隊等他們的偶像，在雨中飛車奔馳更讓我擔心，但這並不表示我不讓孩子追星（要是2PM來，我也要去！噗，前陣子才迷Big Bang而已），適度熱血有益身心，適度瘋狂才能寫下青春。我會陪他們一起等。

我支持偶像崇拜，我相信愛會讓人想成爲更好的人。

Abby爲了未來的「韓國老公」GD（之前迷戀《秘密花園》裡的金社長玄彬，後來換《城市獵人》裡的李敏鎬，接著是CNBlue，目前是Big Bang的隊長GD，老公不是很固定，但現任的GD愛得最久），每週認眞學韓文、溫習韓文（年紀不小的中女們，爲了愛依然很熱血），現在不但可以唱韓文歌，還可以看韓劇，和韓國人交談。Vivian說：「爲了有天在首爾燒肉店和玄彬命運的巧遇，我要隨時做好準備。」一年一年過去，每個人的韓文日益進步。

只是已經不愛玄彬。

無所謂，反正已經充分利用玄彬得到一切。

回想我人生中的所有轉變，全是爲了愛。國中的時候，爲了愛開始認識自己。上了高中，爲了愛開始改變自己。之後每個生涯轉折依然都是爲了愛。

高中那段是對偶像虛擬的愛。得從國三開始講起。

當年小虎隊剛從《TV新秀爭霸戰》一出道，我便愛上這個台灣版的少年隊，尤其喜歡讀建中的乖乖虎蘇有朋。這是一種補償心態，我的成績差，得不到長輩的認同，轉而喜歡成績好的人，想借用他尊彌補自尊的缺憾。我一直都喜歡功課好的美少年。

國三寒假的輔導課，本是該衝刺聯考的時候，我卻在秘密進行北上和小虎隊見面的行動。爲了和偶像見面，我寫了一百張明信片參加電台活動，只要抽中就可以到台北參加小虎隊的簽名會。機會非常非常少，我知道自己跟幸運從未沾過邊，但仍願意爲愛衝刺一次，非常瘋狂的，我一個人寫了一百張明信片，非常厚的一疊明信片，騎著腳踏車將明信片分批放入不同的郵筒。用我最沸騰的熱血，盡了最大努力。

結果，我抽中了！

那時候的偶像遙不可及，是現在無法想像的高高在上，他們穿著一千零一套打歌服打造夢幻形象，沒有扒糞、沒有八卦、沒有微博、沒有部落格也沒有粉絲頁；沒有巨蛋、沒有售票演唱會，不可能在東區巷內或夜店

和他們碰面。對台南人來說，他們更像天邊的一顆星。但，我抽中了！我離星星那麼近，就要飛向太空！

作夢。

要是眞的蹺課去，回來一定被斷絕父女關係打斷腿。

我好掙扎！好害怕！當然不是怕斷絕關係或打斷腿，是怕乖乖虎和我見面後不喜歡我！而且百分百一定不會喜歡我（花癡！白癡！我知道）！甚至自卑的認爲自己不配擁有這麼好的機會。

最後，我逃避了，爲了不讓乖乖虎討厭我，我把得來相當（相當N次方）不易的入場機會給了隔壁班的好友，讓她去見心愛的小帥虎。我沒那麼大方，才不把票給喜歡乖乖虎的人。

如果那週星座運勢預言我將會和夢中情人在一起，我一定以爲指的是和乖乖虎見面。當然不是。但我眞的在那週和夢中情人在一起了。好友爲了報答我，把自己當成通往戀愛之門的鑰匙，把我快遞送進夢中情人學長的懷裡（劇情回顧請看第58頁）。

接連兩次的好運都來自豁出去的行動，我開始相信只要努力，好運一定可以被創造，不做就這樣錯過，永遠不會有機會知道。

二〇〇六年，我把這段追星故事寫成一個偶像劇的故事大綱，順利賣給一位導演，後來沒拍成偶像劇，也不知劇本流落何處。有天我想繼續把故事完成。因爲熱血，因爲瘋狂，人生才有動人的情節。

追星也可以有很積極正向的發展。

可惜我爸媽依然不這麼認爲。他們還是不希望我把時間花在看電視和關注偶像消息上，老話一句：「學生的工作就是讀書。」更不該把錢用來買偶像商品。我追星並不瘋狂，只能算基本款的粉絲，該買的、該會的、該知道的都沒錯過，但還不到失心瘋。一如我信仰基督教，非常虔誠，時時讀經，時時禱告，飾品獨鍾十字架，但從密友到枕邊人都看不出來。

上了高中，我對小虎隊的愛不減，學校課桌上的墊板下放的都是他們的照片和剪報，還有徐淑娟。後來陸續加入林志穎和金城武，最後變心到SMAP的木村拓哉身上，墊板下的世界好擁擠。每天上課下課都和他們面對面。有天，腦中忽然蹦出一個念頭，我不想只在遙遠的角落默默崇拜，這樣他們永遠不會知道我的存在。

我想做的不只是粉絲，我想更靠近他們，我要當他們的朋友！

怎麼做才能和他們當朋友？我認眞想了好久，終於想到一個（很脫線的）辦法：把自己提升到那樣的地位。

既然他不可能來我的身邊，就讓我走進他的世界。

明星之卵的訓練之路

由於愛得強烈，我的腦筋忽然激活起來，動得好快，身體也變得勤快，不像以前只是羨慕，只想賴在原地等著撿到好處。

我忽然想通，再不做些什麼，什麼都輪不到我，我已經逃避太久，該是出發的時候了，不能再等，起步已晚，徐淑娟都進去了（好不要臉，竟拿自己和徐淑娟比）。

我要想辦法進入明星的世界！這是我十六歲的夢想。

噓，這（不要臉的）秘密絕不能跟其他人說，尤其不能讓爸媽知道，我不想再被他們的詛咒壞了好事。這個願望就算現在再說一次，還是會被笑，所以，即使現在有這種念頭，我也不會跟任何人說。

我不打算求人或問人，沒有第二個人知道，從那一刻開始，我就是自己的教練，決定未來當明星該做哪些訓練。

既然角色（目標）已經選定，接下來就要檢查（上路）裝備。身上有的要更熟練，身上還沒有的，要快去準備！

雖然恢復女兒身，麥當勞禿還是無所遁形。

老梗大變身

國中畢業後，沒有教官天天檢查頭髮，再也不必到家庭美容院報到，整個暑假我都用髮箍把頭髮往後梳，兩個月內迅速恢復女兒身！長榮女中沒有髮禁（更愛長女的原因），我二話不說馬上就把頭髮燙了，再把八百五十度的厚重眼鏡摘掉。

有沒有戴眼鏡眞的差很多啊！眼鏡不是問題，問題在厚得要命的鏡片。那一年隱形眼鏡剛問世不久，爸媽怕我角膜受傷，不准也不給配隱形眼鏡，當時隱形眼鏡的價位非常高，一副八、九千，約公務員三分之一的薪水，我在課業上沒什麼好表現，也沒什麼可以給爸媽的承諾，被拒絕後便不再開口要求。

於是我乾脆裸視。除了上課、念書，我都不戴眼鏡，高中時期拍的每張照片都是在高度近視卻沒戴眼鏡的狀態，眼神迷濛，心事重重，實在是因爲散光難聚焦，什麼都看不見，只能活在自己的世界（四年後我才配隱形眼鏡）。

現在想來實在佩服自己，竟可以讓自己這麼長時間處在一片模糊、幾

爸媽的心情啊……

乎看不見的世界，我還勉強自己看不清楚也不可以擠眉弄眼（難看）。後來才知道，原來那個年代的女星很多也都是在大近視的狀態沒戴眼鏡拍宣傳照，難怪眼神特別楚楚可憐。

以前鼻梁上掛著寬大厚實的眼鏡，因爲重量不輕，眉頭常緊皺，看起來殺氣騰騰。拿掉眼鏡之後，眉頭忽然變得好輕鬆，可以挑高八字眉，笑容變多，眼神也善良許多。

表情改變，我的世界也跟著改變。

練習拍宣傳照

想出道，第一步要先拍宣傳照，身爲專業粉絲，這種基本常識一定知道。

爲了愛，我跨出好大一步。

我非常非常討厭拍照，有段時間家族相本很少出現我的照片，僅存的幾張不是眉頭深鎖望向別處，要不就是咒怨的瞪著鏡頭，非常恐怖。

我不喜歡自己的長相，拍出來的照片好醜，全部都想丟掉，越討厭拍照，就越拍越醜。

我不要拍照！邊說邊跑邊哭。真促咪的一個小孩！

現在，爲了出道，只好賣笑。

我得先習慣拍照這件事。高中好友歐比是我練習拍照的好夥伴，每個星期六下課後，拿起相機在自己的學校或成大校區拍照。長榮女中的建築很美，曾經外借給劇組拍偶像劇。我和歐比是彼此的model和攝影師，換上便服，拿著《*non-no*》（日語：ノンノ）雜誌參考，邊模仿model邊拍，歐比一邊拍還一邊幫我調整姿勢，十幾歲已相當專業。

最初完全不敢看鏡頭，先從低頭，看這邊，看那邊，調整心情。不知道怎麼笑才自然，就先從閉眼睛大笑開始。就這樣笑著笑著，慢慢愛上拍照。

我們用非常簡單又廉價的傳統相機練習，自己學著換底片，拍完再拿著一卷又一卷的底片到照片行沖洗。原本只是拍傳統彩色照，相片行老闆建議我們可以試試黑白底片，沖洗時再染成各種顏色，有紅色、紫色、綠色或咖啡色，效果就像現在又流行回來的LOMO風。

回家看照片檢討，繼續觀摩雜誌model照，對鏡練習各種表情，慢慢抓角度。從東施效顰的裝模作樣持續練習，漸漸擊敗內心對自己的嫌惡，漸漸的願意欣賞照片裡的自己。

這是我們第一次拍照的
作品，攝於長榮女中。

自拍OMG的玉女藝術照。

在成大教室外偷學日文

我常出沒成大校園，進進出出勘景拍照，原本沒那麼想考大學，進出久了心裡竟也順勢想著：「要是可以念大學，當個大學生多好，想穿什麼就穿什麼，想學什麼就學什麼，想買什麼就買什麼，還可以高調交男朋友。」孟母說得對，環境對一個人好重要。

有天，我一個人在成大校園邊走邊勘景，走過一間教室，裡面正在上日文課。我慢慢走在教室外（徘徊）觀看，原來是成大日文社的社課。這天剛好開始上第一堂課，負責上課的學姐在黑板上教大家唸五十音。對喔！日文，我該學日文，這樣才能聽懂木村拓哉講什麼！如果學會日文，我就可以到《偶像頻道》雜誌社上班，可以看第一手日本偶像的資料，還有機會外派日本採訪，一定有機會遇到木村拓哉，然後……

胡思亂想中，我已經在教室外面聽完一堂五十音的日文課。回家問爸媽：「我可以學日文嗎？」「（恕刪）」不用多寫也知道他們怎麼說。

我是老大，從小沒人罩，長大沒人靠，一直以來都是靠書本，現在還是繼續靠自己。慶幸家住書店街附近，慶幸媽媽從小就帶我們逛書店，書

是我最好的老師，連生理知識都是從日文翻譯書自學。

於是我到書店買一本《日本話速成》，練習小本子中的日本話一千句型和五十音，小小一本手冊只要四十元，每句句型下都貼心附上中文注音，不懂日文字也能發音。我每天背好幾個日文句型，因爲（對木村的）愛，很快就琅琅上口，也很快就背好五十音。好爽！我會唱日文歌了！租些日劇和《志村大爆笑》邊看邊練習講些基本會話，也能有模有樣來幾句日文。偶爾再回到成大日文社，坐在教室外面偷偷聽課。

眞心想學，誰都不能阻止我。

學習妝、髮、造型、走台步

因爲高中擔任學藝股長，每學期開學我都會帶著幾位同學一起到禮堂搬新教科書。這是我最期待的一件事，比別人更早看到教科書，每學期都想靠新書重新做人。

我很早就到禮堂，看看其他科、其他年級的課本，看看她們都在學什麼。一翻，眞是太有趣了！別科同學要學貼雙眼皮，學貼假睫毛，學燙頭髮，學化妝，學服裝設計，學打版縫製衣服，學舞台表演……美容美髮科

家政科的畢業展，學生得穿自己設計縫製的衣服拍宣傳照。

和家政科的畢業展要當自己的model，整套妝髮服裝造型全部自己來，還要上台走台步。看過一場學姐們的畢業展，每個都像明星那樣閃閃發亮！哇！我是不是該轉科比較接近我的夢想？

經過幾次班際排球比賽，認識很多美容美髮科的朋友（我的好友泡打排球太帥，吸引她們主動交朋友），下課時間我們就過去找她們玩（普通科和美容科相隔很遠）。第一次踏入美髮科大樓，就被一整排壯觀的假人頭嚇到。唉唷。「我們每天都跟這些人頭睡在一起。」唉唷。轉科的事情就緩一緩好了。

我決定自己學。先從燙頭髮開始摸索。我到美髮科同學介紹的美容美髮材料行買燙髮工具（台南市友愛街上，那間店現在還在），牛奶燙髮液一大盒兩大支一百五十元，這已經是當時最貴的燙髮液（另外還有基本款八十元的），再買幾個燙髮用的大髮捲和白色燙髮紙、橡皮筋，我請老闆娘教我怎麼捲，回家拿我的瀏海練習，一次又一次，我手藝不錯，很快就捲成功，然後將冷燙液仔細淋在捲好的髮捲上，半小時再拆下來。當時燙瀏海要八百元，燙整顆頭要一千五百元，靠著技術，整整省了一半。

我好幸運進了一所有職科的綜合高中，讓我比一般人更早接觸美容美髮，也比一般人多了很多機會嘗試新技術。

同學說我像工藤靜香。我知道只有八字眉像，看以前的表情就知道當時人生有多苦。

我的瀏海是自己燙的，後面的頭髮在美容院燙（自己捲不到），順便觀摩見習。半屏山是自己吹的，美髮科朋友教的：先將瀏海往後吹，噴上定型液後，右手把瀏海抓出弧度，左手拿著吹風機由下往上吹。畢業公演前，一放學就到大禮堂報到，遠遠看著美容美髮科和家政科的同學練習走台步。

我還學做衣服，在百貨公司學的。

除了書店，百貨公司也是我愛逗留的地方，因爲可以吹冷氣。我喜歡逛化妝品專櫃，因爲櫃姐多美女，好想和她們一樣；也喜歡逛生活用品區，因爲賣鍋具的地方總會做很多道菜試吃。放假時我會到百貨公司，一邊看鍋具煮菜示範，一邊等著試吃，不知不覺學了幾道菜。吃完後，繼續待在旁邊其他櫃逛逛，等著下一輪的示範。

逛到電梯口的縫紉機專櫃，一眼便被櫃上播放的示範錄影帶吸引。布料跟著縫紉機旋轉，一會做出一個面紙盒、面紙套和繡花，還可以改衣服、改褲子。每次去都站在錄影帶前面看好久好久。有天，櫃上阿姨看我眼熟了，問我：「要不要進來試試看？」我就這樣踏入了縫紉的世界。錄影帶看了一段時間，一上機果然很快就上手。後來每次都到櫃上試用（練習）。

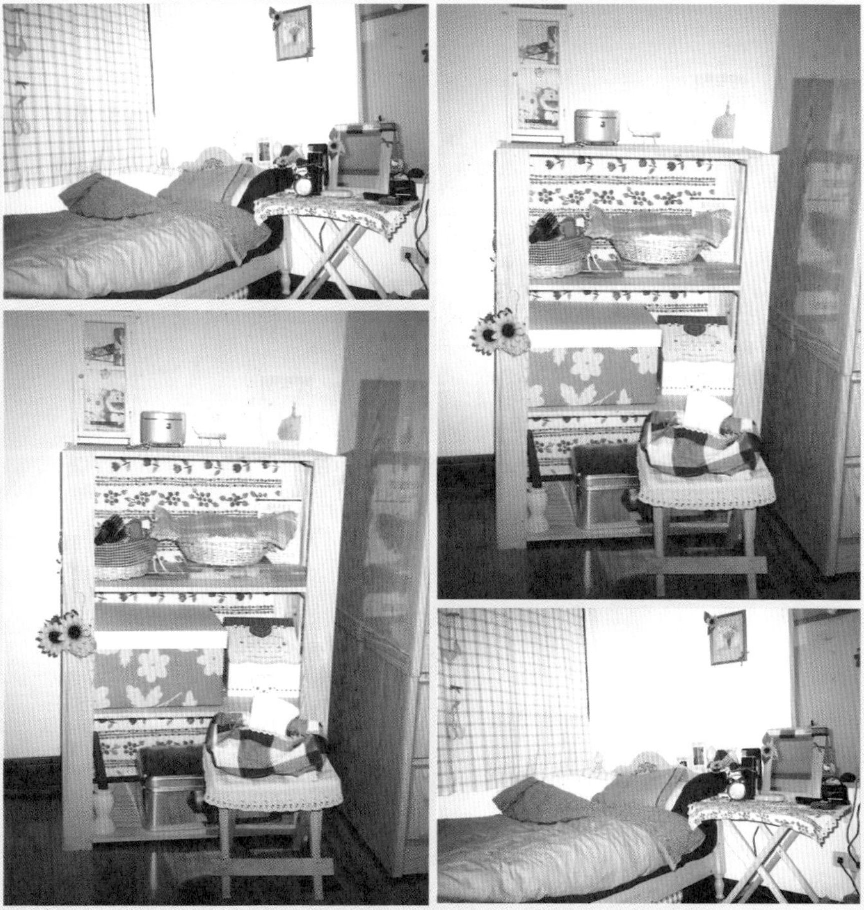

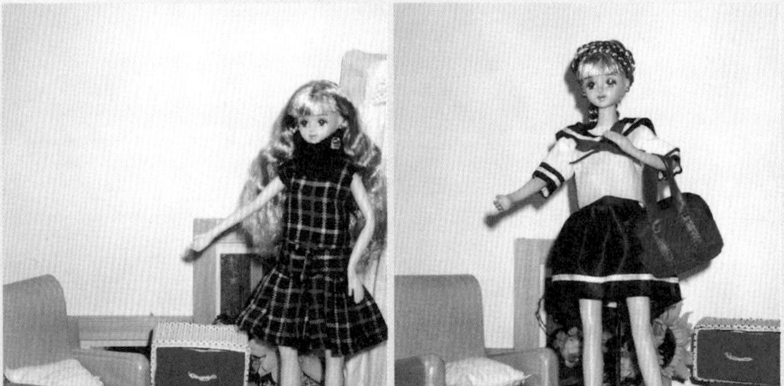

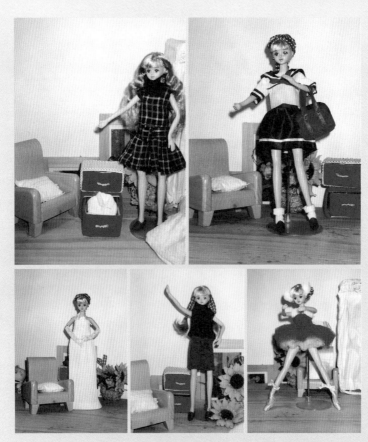

還沒做人的衣服前，先做娃娃的衣服，自己剪裁打版，
用舊衣服和寬緞帶做的，芭蕾舞衣舞鞋頭飾都自己來。

重考大學那年，我的手藝也變得熟練，就要求爸爸買縫紉機給我當大學禮物。「買縫紉機幹嘛？妳會用嗎？」「我會。」爸爸不敢相信我（一個讀書人）竟然會操控這個大玩具，而且不是玩玩而已。

「都沒在念書？」

「嗯，我以後要當衣服修改師！」

我到布莊剪了好幾尺的格子布，用縫紉機做了窗簾、床單、床罩、枕頭套、抱枕套、面紙套、小熊、桌巾、布櫥巾和門簾……不到兩千塊就完成新房間佈置。後來還用我的舊衣服、毛巾、手帕、緞帶做了娃娃的衣服。

我還挑了一條花溜溜的布給爸爸做了一條領帶，送他當父親節禮物。這條領帶很扁很不挺，花色也土，但爸爸還是戴著它上法院開庭，跟大家說這是女兒做的（會不會懷疑我在報仇？）。

練習作曲

我當然不會作曲（也不會作詞），但我不再說「可是我不會」，我改說「可是我一定要會」。

我會彈琴，聽過一遍流行歌曲，右手就能用沒升降記號的C大調把旋律彈出來，左手自行摸索出簡單的和弦編曲；但我無心學樂理，也不會寫五線譜，總覺得彈得出來就好。有次聽廣播談到當時的音樂奇才鄭智化（作品《水手》和《星星點燈》），他也不會樂理，作曲的方式是用哼唱把旋律錄起來，交給專業的人把樂譜寫出來。就像設計衣服，也可以只把樣式畫出來或口述出來，交給專業的人畫圖、打版就可以。

只要唱出心中出現的旋律就好。每個人都會作曲，就像到KTV點歌，歌來了，音樂一下卻忘了怎麼唱，跟著伴奏亂哼亂湊也是一首新歌，差別只在好不好聽、會不會大賣而已。先不考慮賣不賣的問題，我得先要有個作品。

我把心中偶爾出現的旋律用數字記下簡譜，再自己胡亂編曲。我把家裡那台很大的收錄音機放在鋼琴上，邊彈邊錄。每個星期天，我都忙著作曲，不是多厲害的創作，只是不停的亂彈，心想，隨心所欲的亂彈，總有一天會彈出一個瞎貓碰上死耗子的所以然。

我先找自己喜歡的歌，整理歸納出一首歌曲的安排，大部分是這樣，一段A調開始，再一個A調，後面稍有變化，或一個過橋的A^+調，進一段副歌B調，這段是曲子中的精華，因為要一直重複，然後可能多一段B^+

這一段跳的是「我們這麼在乎她，卻被他全部抹煞，越疼她越傷心，永遠得不到回答……」我是主唱，手還假裝拿麥克風（好入戲），後面都是我的舞群，噗。

調，最後A調結束。

我先彈自己喜歡的歌，再用那首歌的和弦編曲，配上我亂改的主旋律。

媽問：「妳在彈什麼？」才不跟妳講。「好難聽喔。」（靜）絕不回應。

經過長期否定、拒絕、潑冷水，我已經沒有羞恥心。不管別人怎樣說都不會傷害我。

好不好聽，我自己知道就行。

（民國九十年，我作的曲放在網站上發表，曾受唱片公司青睞喔！）

舞蹈模仿草蜢

明星訓練好多、好忙，要忙著拍照，忙著學日文，忙著吹半屏山，忙著練琴、作曲，週末晚上還要看綜藝節目觀察明星生態，研究藝人舞台表演。沒有youtube的年代，我只能看電視速記城市少女和草蜢MV裡跳的舞步。還好以前偶像跳舞非常簡單，相當容易上手，至今未忘。

學校運動會那天，我在班上的看台前面，放著草蜢的專輯，臨時起意即興跳起〈失戀陣線聯盟〉，氣氛很high。因爲舞步簡單，大家都跟著一起跳，女教官拍手叫好，學妹也爲我瘋狂，人氣指數爆表。（別看我這麼黑壯，但我不擅長跑步，沒參加大隊接力，才會這麼閒在這裡跳舞。）

上大學的迎新舞會還是我開的舞呢（撥瀏海）。

演技全靠瓊瑤戲

高中那幾年，瓊瑤戲好紅。「六個夢」從《婉君》《啞妻》《三朵花》《青青河邊草》到《望夫崖》和《雪珂》，每部戲都好流行。但我被禁止看連續劇。每天晚上我都關在房裡讀書，其實都在看漫畫或少女雜誌，看看手錶，在差不多該讀累的時間走出房門，休息喝點水，然後偷開選台器轉到《望夫崖》。媽媽知道我在找機會偷看，有時也會放水讓我看個二、三十分鐘。

隔天到學校，同學們一個個分享昨晚看的片段，我再把斷斷續續的片段組合成劇情。用講的不夠精彩，所以我會用演的方式直接對著另一個同學演對手戲。

「磊哥哥，你爲什麼要躲我，你爲什麼要躲我啊……」（哭腔）

「好，我說，我老老實實的跟妳說，我躲妳，是因爲我怕妳，我怕妳，是因爲我愛妳呀！」（大哭腔）

明明是哭戲，大家邊演邊笑到肚子痛，輪流詮釋同一個角色。爲了演得精彩，我會多記些台詞或改編台詞，每節下課時間都好歡樂。有次國文老師挑了班上幾個同學唸紅樓夢台詞（我演的是小辣椒王熙鳳），我們入戲好深的把國文課本當成瓊瑤劇本飆戲，老師喜孜孜的大讚我們表現眞好！（以爲來到演員訓練班）

想練習，處處是機會，就算沒加入話劇社，日常生活也可以用玩樂的方式，練習寫劇本、飆演技。當然還要祈禱可以遇到一群和自己一樣瘋狂的朋友。

（雖然我不曾眞的演過戲，但人生如戲，每次上台教課或演講，我都當成演戲或開演唱會，演一個口才好的主播或有內涵的教授，還要注意台風和舞台魅力，才可以把自己想說的話傳達出去。）

看影劇版練習採訪寫作

當時的媒體很少，電視只有三台，報紙只有幾家，記者訪問中規中矩，就算是影劇版也不辛辣，明星們的專訪內容都是一整個版面的深入報導，以一問一答的形式撰寫，像照著錄音帶播放一樣，十分安全，不易被扭曲（跟現在模式完全不同）。

這樣專訪很好模擬QA，我認真讀著《偶像頻道》和《民生報》影劇版的明星專訪，仔細看記者問哪些問題，看明星怎麼回答，心裡得有個底，以後面對採訪才知道怎麼回答。

這時不免又被爸媽唸個幾句：「看報紙不要只看沒營養的影劇版。」我沒時間跟你們解釋這些，不理他們，成名的背後註定孤獨，我不需要被了解。當我把耳朵關起來之後，跟他們的戰鬥也少了好幾場。

我把記者問的那些問題整理起來，自問自答，寫在筆記本裡。自問自答的過程中，我不停思考自己真正的想法和感受，有時剖析得太深入，無法真真實實寫下來，得思考一陣子才能繼續。回想起來儼然是心理治療的雛型。

後來，我也想知道好朋友怎麼想？怎麼回答？便開始訪問朋友，訪問他們的成長背景，訪問他們對愛情的態度和未來的夢想。我更了解朋友，也更了解自己。我愛上角色扮演的遊戲，喜歡當記者，訪問別人、寫報導。

我開始寫班上同學的故事（八卦），寫在筆記本報導，會下標，也會畫示意圖，有時還有照片，非正式出刊，只在好朋友間流傳。

練習開口唱歌

我非常愛聽歌，音樂不離身，就算沒有隨身聽，腦子裡也內建滿滿的歌曲。如果我的人生是一齣偶像劇，電視原聲帶會很長很長，從頭到尾都有背景音樂。

我音樂課成績不佳，因爲不會開口唱歌，小學、國中音樂課都是對嘴，團體考試也躲在人群中假裝，老師聽不到我的聲音，自然記不得我的表現（因爲我沒表現）。高中當上伴奏後，更理所當然的躲在音樂背後，光明正大的封口閉嘴。

我家沒有會唱歌的人，媽媽從來不唱，到現在還是堅持不唱。我只聽過爸爸開口唱過一次，在我讀小六那年，他大半夜一個人拿著歌詞清唱〈明天會更好〉（一九八五年）：「輕輕敲醒沉睡的心靈，慢慢張開你的眼睛，看那忙碌的世界是否依然孤獨的轉個不停。」我在房裡偷聽，聽完心裡好悲傷。

如果唱歌會遺傳，嗚嗚嗚嗚嗚……我真的別想出道了，嗚嗚嗚嗚，爸爸全部走音啦！

但我告訴自己別怕，我想我應該是會唱歌的。國中時，爸爸朋友送給我們家一台會評分的卡拉OK伴唱機，像行李箱一樣大小，內建伴唱曲目，還附陽春版的麥克風。家裡除了我以外，沒人肯去使用它，我通常都等家裡沒人才敢開唱。

第一首唱的是林淑蓉的〈我怎麼哭了〉：「如果早知道是這樣，我不會答應你離開身旁，我說過我不會哭，我說過爲你祝福，這時候我已經沒有主張。」哭腔很重，唱得悲情（那時我才十四歲……）。

第一次開口就得到九十分！好高喔！第二次唱九十二分，一唱再唱，最後還唱到九十七分。後來發現，這分數是拍馬屁用的，只要不掉拍、不掉字，唱得夠大聲，分數就會高。不玩了。

當時KTV不普及，一般人唱歌都到土雞城的卡拉OK，唱給全餐廳吃飯的人聽。我不敢。到了高三下學期，包廂KTV才開始流行起來，寒假過年第一次踏入KTV，和同學們一起用紅包錢開包廂。

我人生第一首在KTV（在別人面前）唱的歌是伊能靜的〈轟轟烈烈去愛〉：「轟轟烈烈去愛，敢愛敢恨我不枉青春，坦坦蕩蕩去看，放開胸懷我心一片眞，聚聚散散無憾，瀟灑來去我絕不負人。」

一開口，同學們全回過頭來瞪大眼睛看我，我自己也嚇一跳！My God！我怎麼這麼會唱！原來用有回音的麥克風唱出來的聲音這麼好聽！毫不費力，輕輕鬆鬆，音也比想像高很多，環繞音響彷彿演唱會現場。同學們都high了：「妳唱得好像歌星！聲音就像從MV播出來的一樣。」（牙~我已經在心裡默默練習好幾年了！）

聽廣播練習當主持人

平常只能趁著爸媽不在或不注意的時候看電視，爲了不和偶像脫節，睡前我一定聽廣播。身爲教練，我靈光一閃：明星一定要接受專訪！聽廣播節目對有上台恐懼症的我來說是很好的入門練習，不必面對群眾，頂多只有一個主持人，其他的就是儀器、麥克風。我仔細聽明星上節目時和主持人的互動。又想，如果有機會轉型當主持人更好，主持人的角色也要多多觀摩練習。

夜晚聽廣播被爸媽發現，不免又被唸個幾句：「快去睡，不要聽沒營養的人講沒營養的事。」繼續不理他們，心想：「我可不是你們以爲的單純聽廣播嘻嘻哈哈，我在學習訪問與接受訪問。等我以後當上主持人，你們就知道。」我給自己拍拍手，爲了愛，竟然這麼沉得住氣。

我把喜歡的廣播節目錄下來，反覆聆聽，反覆複誦。

後來，我開始錄製自己不專業的脫口秀給歐比聽。歐比是個非常自由、能義無反顧陪著我上山下海的好朋友。當時我並不是真的想當廣播主持人，只是因爲太愛講話，太多朋友要顧，通信或下課時間已經不夠我聊天。

我問歐比要不要用錄音的方式交換日記，一方面想訓練自己對機器說話的能力，一方面可以大談特談自己在班上不能說的秘密。我錄A面，她錄B面，天花亂墜，什麼都講。

勇敢面對自己聲音的弱點，消滅它

一九二〇年代末期，有聲電影出現後，演員的聲音變得非常重要，很多原本一流的默劇演員，開口便被市場淘汰，「影音」被稱爲好萊塢的黑死病。

自從玩起錄音遊戲，第一次聽就被自己的聲音和口音嚇壞，呼，果眞難聽，媽其實沒有亂說。

難聽就算了，贅字還這麼多，然後、啊不然、啊所以、啊而且、啊啊啊啊、那那那那……結結巴巴，有沒有想過聽衆的心情？很多音都不捲舌。舌頭死了嗎？躺在裡面不幹活？做虧心事了嗎？爲什麼講話呑呑吐吐？

我是個嚴格且不給自己留顏面的教練，因爲我心裡住著一個奈媽。光說話就這麼難聽，誰還想聽我唱歌？我要好好修理壞掉的聲音。想辦法，想辦法，想辦法！

尋找心中的理想表達

我心中聲音最好聽、語句最沒有贅詞的就是主播，我要仔細聽她們怎麼說話。

每天七點半一到，我開始看從不關注的新聞節目，以前的新聞節目只有半小時，通常是單方面傳播，既官僚又無聊。爸媽以為我開竅了，忽然懂事，開始關心時事（因為聯考會考時事）。才不是，我有比聯考更重要的事。

我看李艷秋、沈春華、張雅琴，三台輪流轉，我模仿她們說話的表情，學她們說話的口音。回到房間，問自己：如果用她們說話的方式把今天在學校發生的事情再講一次，該怎麼說？

我對著鏡子和錄音機練習，比告白還認真，一邊說一邊覺得噁心，出了房門便不敢開口。但我要改變，一定要改變，我得拋棄這些成見，我想好好說話。

錄音機是最好的反饋儀，讓我可以假裝從別人的耳朵聽見自己。我的舌頭不夠靈活，喉嚨也不夠放鬆。這跟個性有關，個性不改，聲音也不會變。

因爲和爸媽的對話一定要又快又大聲，不然會被打斷，氣勢會輸！所以我講話速度非常快，很短的時間就塞入一堆訊息，擔心別人沒耐心聽完，曾經因爲自己說話快而沾沾自喜，覺得沒人可以贏過我。爲了求快，我沒辦法好好呼吸、換氣，都是憋著氣一次說完。說話速度快就容易咬字發音不準，也影響我發音共鳴的位置，用不對的地方共鳴，聲音自然難聽。音頻尖銳，音量又大，很容易失聲。

我練習把說話的速度放慢，配合呼吸，篩選重要的訊息慢慢說。試著轉換喉音、鼻音和頭腔音，讓聲音更多表情，再把Key調低，穩穩的說，聲音比較不會抖。

還要改掉一堆贅字口頭禪

贅字不但會讓自己說話失焦，更會搞砸說話的內容品質。當我發現自己的贅字，聽別人說話時也非常注意，說話沒有贅字的人讓我心生佩服，說話塞滿贅字的人，即使他準備的內容再好，也很難聽得進去，更別說吸收。我必須把贅字統統刪減，我要有意識的把這個缺點改掉。

更深入的觀察別人和自己後才發現，贅字多半跟內在恐懼、焦慮有關。說話常出現「然後」和「那」，往往是焦慮不知道下一句要講什麼，隨便塞個「然後」和「那」來喘息、緩衝。

有些人會在說完一段話後，用「這樣子」或「對」結尾，大部分是爲了肯定自己說話的內容，希望能夠得到現場聽眾的認同。

會在下一句開頭接「而且」的人，大多是因爲聽眾沒有出現講者預期的反應，或講者還想製造更多高潮，吸引人注意，就會用很多「而且」來誇飾、加強語氣。

我邊聽邊錄，半小時的內容往往要花一、兩個小時才能錄完，口音隨時調整，口頭禪認眞改掉，來來回回錄了二十幾捲卡帶，慢慢有了進展。進展是：我不再排斥自己的聲音，以及漸漸消失不見的贅詞。

要立馬改變用了十幾年的口音很難，除非有多重人格或被附身（嚇）。好在我已經發現問題，我當時非常有信心，只要從那天起開始調整，十幾年後一定會更好，絕對沒有問題。

有次和廣播金鐘節目主持人張敬聊天，他對聲音的詮釋好貼切。「聲音有很多種表情，就像各式各樣的衣服，妳不能只擁有一件衣服就跑遍各種場合，你必須隨著場合、隨著情境換上不同的聲音。」發現聲音、研究聲音是一趟有趣的過程，我上課、演講、聊天、廣播消息、唱歌、主持活動，用的是不一樣音軌的聲音，我可以自由切換高低粗細，什麼場合用什麼語氣，讓聲音像頻道一樣轉來轉去。

日本電影《帥哥西裝》（劇情是這樣：開小吃店的廚師琢郎意外穿上了一件帥哥西裝後，變成超級大帥哥，一樣的動作，帥哥杏仁做和醜男琢郎做竟有天壤之別的結果。拍照時，琢郎想像自己在大便看報紙，動作透過杏仁做出來大家都看成他在開跑車；擁擠的公車上琢郎不小心撞到旁邊的小姐被告性騷擾，帥哥杏仁不小心撞到小姐，對方就小鹿亂撞。從此他走到哪都大受歡迎，還出道當了大明星……）主角穿上Handsome Suits後變成超級大帥哥，這西裝還貼心設計了聲道轉換鈕，因爲變成帥哥之後，聲音也要跟著變才行，絕不能是高音頻的輕浮樣，一定是咬字標準的穩重樣，這樣的聲音才能吸引人，才能說出帥氣的對白。

韓國電影《雙面君王》（劇情是這樣：朝鮮王擔心自己被暗殺，找了一個樣貌和他一模一樣的替身。後來朝鮮王被下藥昏迷十四天，替身便眞的代替他弄起朝政來，這十四天他解放了被貪官陷害的國舅、課地主稅、還布匹和銀兩給人民，出現了好多德政……）由李秉憲一人分飾兩角，一個是王，一個是在妓院說書的戲子，當了王以後，差點用戲子說書的輕浮語調唸聖旨，露出馬腳。經過身邊親信都承旨指點，很快就能抓到王說話的重點，要穩重，要威嚴，要有氣勢。

不需說話的第一印象，如果長得好看、抬頭挺胸、微笑優雅，很容易能吸引人靠近，你的表情和舉止向人揭示你的內涵和氣質；第一印象之後，開口說話就變成對方去留的關鍵。

聲音比美貌重要

聲音可以替外表加分，加非常多分，所有的氣質和內涵都透過聲音表現，絕對值得投資練習。如果極品聲音或絕世美女讓我選，毫不考慮一定選極品聲音。挑男人也是。美貌會凋零，聲音可以永續迷人。

聲音除了音質之外，還包括頻率和速度，總合之後才是整體對聲音的詮釋。《你的成敗，90%由外表決定》這本書用戲劇來解釋聲音：飾演輕浮的人、緊張的人說話頻率偏高、偏細、速度偏快，飾演主播或成熟有內涵的人語調都偏低、偏慢，政府官員也一樣，那樣的聲音比較穩重、有智慧，可以安撫人心。

我調整聲音的路很漫長，一直到了研究所時期才開始好轉。現在只要拿起麥克風演講或教課，我就可以用最穩重、最真誠的聲音說話，我沒敢走主播路線，只想用最適合我的表達方式，傳遞我想說的話到聽眾的心裡。

循序漸進的治療上台恐懼症

對我來說，這是最難走的一步。

明星屬於舞台，不能上台，所有練習都是空談。我不能一邊嚮往台上的生活，又一邊扯自己後腿，裹足不前，這是零和的選擇，要嘛生，要嘛死，要嘛紅翻天，要嘛別出道，我是這麼極端的想著，所以我必須（拎著自己的脖子）逼自己上台。

我的恐懼來自兩個部分，生理上和心理上，生理上的狀況比較嚴重。我管不住自己的心跳，控制不了自己發抖的聲音和手腳，也抓不住那顆直往下墜的胃。

看著自己抖得像毒癮發作的四肢都想笑，「喂，你們到底怎麼了！」不管是狂打自己手腳或捏緊自己的肚皮都沒用。少女漫畫有教，緊張的時候在手心畫一個人，然後作勢吞下，馬上就不緊張了。我試了，沒用。不如把整隻手吞下去。

既然控制不了我的身體，那就先改變我的想法。

我到底在怕什麼？

我怕成爲衆人的焦點，我怕他們對我的表現失望，怕自己不被台下的人喜歡（噓爆），更怕一個人站在舞台上的寂寞。

我花好長時間對自己激勵喊話。

「要相信自己已經做好萬全的準備。」「妳是被挑選過的選手，沒有人比妳更有資格站在這個舞台。」「所有人都跟妳一樣緊張，甚至比妳還緊張，妳站上來了，已經比很多人勇敢。」「妳有責任讓大家不緊張，沒有人比妳更熟悉整個表演，只有妳可以控制全場。」「妳準備跟大家分享的是妳最喜歡的東西。」「不要擔心別人不喜歡妳，妳所要做的就是讓他們從現在開始喜歡上妳。」「嘿，把上台當成一種享受，好好享受在台上的感覺。」「妳是女主人，台下的觀衆都是妳的客人，妳的工作就是賓主盡歡！」

這些話，對現在的我很管用，對當時病得太嚴重的我起不了作用，我還是好緊張、好抗拒，我腦子裡的場面不夠豐富，我的邏輯還不夠流暢，再加上不相信自己，沒魅力又沒自信。

二十年過去，當我的視野和專業足夠駕馭台下觀衆的時候（也征服了爸媽），上台眞的好享受！

等待，上天自有安排

終於，老天安排給我一個完整的「治療計畫」，讓我可以慢慢克服我的上台恐懼。

高一某次音樂課，在我彈了一段〈土耳其進行曲〉後，老師便選我當合唱比賽的伴奏、畢業典禮的司琴，並安排我當國歌指揮。我非常高興，非常榮幸，感受到前所未有的榮譽感，馬上一口答應，再也不扭捏遲疑或害羞客氣，感謝老天再次給我機會，我已經準備好了。

我得好好表現，證明老師沒有看走眼。我花好多心血和時間練習，用參加《TV新秀爭霸戰》的規格練習。

當上伴奏後，我從未失誤，不再有不受控制的狀況出現，因爲伴奏的位置在舞台最邊邊，還有布幕擋住，沒有照到讓人睜不開眼的強燈，我只需要面對琴譜，不需要面對面無表情的觀衆。當我練到技術自動化的時候，只要把手指放在琴鍵上，它們就會自動開始滑來滑去的演奏，即便我的腦袋已經放空，手指還是堅守崗位，結束時只會暗暗自己嚇一跳，不會有人發現我剛剛靈魂出竅。

我從最初級的伴奏練習上台，就這樣彈了一年，上台下台對我來說已經像上樓下樓、進出房門那樣自然。上了高二，我繼續接受更上一級的挑戰。

「升旗典禮開始，全體肅立，主席就位，唱國歌。」

那個年代，舉行升旗典禮之前全校要一起唱國歌。我就要站上那個「就算台下空無一人也能讓我腿軟」的司令台指揮全校唱國歌。

我這個實習生一開始在下課時間跟著學姐到司令台上練習，就算有人陪，腿也是軟的，抖個不停。適應後，接著在升旗典禮上，跟著學姐一起站到司令台上實習。有學姐站在前面，我似乎不再那麼恐懼，站在後面靜靜觀察台下人的反應。

學姐說：「別緊張，我一開始上台也是抖到完全不知道自己在幹嘛，沒想到手會自己動，我到最後連怎麼下台都忘記了，但就是安全下台。妳也要相信自己有這種潛能。」「好。」但我真的可以嗎？

國歌的配樂是某合唱團的唱片，台下學生只需要對嘴就可以，情不自禁唱出聲也沒關係，不會有人阻止。曾經有個同學像是被「真心話大考驗」處罰一樣，超大聲的唱了一句歌詞，反而把大家嚇一跳。除了第一排同學得做做樣子專心對嘴之外，大部分的人都低著頭，看著草皮發呆。還好嘛，這樣看起來也沒那麼可怕了。學姐陪了我五天後，終於剩我一個人

單獨上台，厚著臉皮，硬著頭皮。

國歌指揮的動作非常簡單，單一重複直到國歌結束。我站上去，跟著音樂比畫。第一次上台我又放空了！死魚眼盯著操場對面那棟房子。還好，沒事，手還在動，只是腦中一片空白。音樂停止，安全下台。

就這樣，像行爲學派用減敏法治療恐懼症那樣，從難度小的開始練習，由熟悉的朋友陪伴嘗試難度高一點的體驗，再由陌生人陪伴難度更高的考驗，關關難過關關過。我從幕後慢慢站到幕前，由學姐陪伴到單獨上台，從簡單的動作開始練習，慢慢克服身體的恐懼，治療過程很順利，我從很自然的上台下台，進步到很帥氣的上台下台。

那一年，我成了學校頗有知名度的「學姐」。

只有發狠練習，才能獲得想要的能力

去年，我看了《虎媽的戰歌》，並不覺得虎媽嚴格，反而有點羨慕她的小孩。虎媽花好多時間陪在小孩身邊，她對練習的過程苛求，對好的結果也不吝惜辦桌慶功。人生學習的黃金階段從六歲到大學或研究所畢業，這黃金二十年學什麼都是最好、最快，多管齊下同時學習也沒問題。只要把握人體最佳黃金學習期，一旦學成，就會保留到老。

如果這時有個聰明又嚴格的父母（或家庭教師）在一旁支持或指導，一定可以開發一個人更多更深的潛力。如果沒有，又渴望成爲「理想的我」，就要對自己有所要求。我覺得自己當自己的教練再適合不過，人都有教育欲，不需怎麼學就有當老師的潛力，與其逼人或被人逼，不如把這份殘酷拿來對自己。

你可以讓自己的疲累和痛苦持續多久？你願意努力到什麼程度？你選擇相信奇蹟？還是因爲看不見希望而放棄？

如果經常想著：「算了算了，換簡單一點的。」就真的不會有所表現。

我知道我很好強，從小就好強。別人會的我也要會，別人不會的我要先學會。別人說什麼很難，我偏要挑難的練。

在沒有巧虎的年代，媽媽很有創意的自製錄音帶讓我學習，她對著錄音機唸童話故事，一本一本錄進錄音帶裡。我反覆聽著媽媽錄的故事錄音帶，一遍又一遍，把它們一字不漏的倒背如流，哪裡斷句，哪裡翻頁，我都能跟著錄音帶的速度同步重述。四歲還不識字，卻能有模有樣的讀著故事書，媽媽覺得很有趣，也很得意，便帶著我到親朋好友家巡迴表演，佳評如潮。

還沒上小學之前，聽隔壁鄰居說，有個（別人家）小孩已經會背英文二十六個字母。我馬上問媽媽那是什麼？教我，我也要會。

晚上媽媽在浴室洗衣服，我蹲在旁邊，媽媽一個一個唸，我一個一個背，自由聯想我對這些發音的詮釋。學會發音還不夠，我要練到用最快的速度飆完二十六個字母。媽媽可以唸多快，我要唸得比媽媽還快。

我從小練琴就有一套速成法。我很不喜歡彈錯，一彈錯就非常自責，會氣自己，咬下嘴唇，亂打鍵盤發脾氣，重來，再重來，彈錯的地方我都要練習好幾十次，一天坐在鋼琴上兩、三小時是常有的事，這種執著跟我的強迫性格有關，不容許瑕疵。爲了減少失誤，我找到一個好方法。

一、先聽老師彈一遍，熟記旋律。

二、拿到琴譜後先做功課，把所有升降記號圈起來，在樂譜的每個音符上用鉛筆標示簡譜數字1234567（Do Re Mi Fa So La Si）。

腦中有旋律，眼睛有簡譜，黑白鍵轉換的升降記號上也標示預告。有了這招，只要慢慢彈就不太會彈錯，重複練習到閉眼睛手指也能自動化的彈奏後，再把這些記號擦掉。彈琴讓老師檢定的時候，我不看譜，看譜反而有壓力，一看就彈錯。

幼稚園到小學三年級之前，我的生活除了寫功課、練琴和練舞之外，其他時間我一邊看卡通一邊畫畫。家裡的原子筆和日曆是我的畫圖工具，一張一張很快就畫完一本。沒紙的時候就在土壤上用樹枝畫畫。

幼稚園大班時，陪媽媽留校值班，只要給我幾隻粉筆和一塊黑板，就能讓我消磨一整個下午的時間，不吃、不喝、不尿、不停畫。練習再練習。

我畫圖速度很快，一筆到底，不塗改，也不重複修邊。六歲的時候，我在家門口擺張課桌椅，用月曆紙畫騎海豚的海王子，因爲畫得很像，附近的小朋友都到我的桌子前排隊領取我畫的海王子。

我愛畫畫，也畫得不錯，小學一年級便得到南部七縣市低年級組繪畫冠軍，題目是：「我的媽媽」。我把媽媽畫成一個脖子有毛毛圍巾（小蜜蜂卡通得來的靈感）、戴著珍珠項鍊和耳環、穿著蕾絲禮服、拿著玫瑰花的濃妝女藝人，站在豪宅前面（小甜甜卡通得來的靈感）。得獎的原因很可能是這位媽媽囂張的打扮在一片穿圍裙的媽媽堆中變得非常醒目，於是拔得頭籌。媽媽也需要包裝，有包裝就容易被看見。

不過，有兩樣能力是我完全沒興趣練習，也無法持續的。

我愛畫畫，但沒人知道我連寫毛筆字都用畫的。

我畫的毛筆字常被老師貼出來讓同學們觀摩。老師看不出來那些字是畫的，不是寫的。我先用毛筆描出字的輪廓，看著字帖，再把字的中間塗滿，模仿字帖維妙維肖，什麼字體我都能寫。我拿毛筆的姿勢很標準（很會模仿），老師走到我身邊看我寫字的時候，我就用正規的筆法寫字，老師一離開我便開始修圖，神不知鬼不覺。

我在書法課表現很好，但每次上課總是戒慎恐懼、擔心害怕，老師越喜愛我越有罪惡感，總覺得再這樣下去一定會被派去參加書法比賽，接著「畫毛筆字」這件事就東窗事發了。

另一樣中輟的才藝是珠算，我眞的學不來，打算盤動作遲緩，數字唸到一半就忘記，和珠算的緣分極爲薄弱，對數字的記憶也有限，珠算課對我來說絕對是一種嚴重的精神虐待，我已經覺得自己很糟，一碰到珠算課表現得更像智障。每次上珠算課前，我都好想發燒，走在路上就想出車禍（抱歉，也曾想過老師出車禍），就這樣神經質了一學期，便決定不再繼續。

當時我媽沒逼我在拙劣的科目上浪費時間瞎琢磨。也許因爲這些反正聯考不考，也知道書法和珠算未來應用的機會不大，學費又貴，在停損點上放棄也是一種獲得。

神秘的地下端端夫人

自問自答，是了解自己最好的方法，面對自己，才能聽見心裡最眞實的聲音。

我高中的綽號是端端夫人。引自我們那個年代很紅的婚姻家庭專家薇薇夫人，常在雜誌寫專欄，爲全民解惑，爲大家創造美滿的家庭、幸福的人生。因爲我看起來天不怕地不怕（其實是裝的，裝久就像了），所以同學們特別喜歡找我商量她們的煩惱（愛情、親情和友情），希望跟我一樣勇敢。我總是以「包在我身上」「這沒什麼難」的萬事通自居，絞盡腦汁幫她們想辦法。

我們那個年代只有教官沒有輔導老師，能求助的大人不多。我曾經把自己的困擾寫在週記上問導師。

「老師，我的頭髮掉得很嚴重，每次洗完頭，排水孔上面整坨頭髮，吹頭髮後地上也是一堆，我是不是得癌症？我該怎麼辦？」

老師好認眞，在後面密密麻麻的寫了一大篇的紅字，非常仔細的回答我的問題。我記得老師說，掉頭髮是很正常的新陳代謝，一天只要不超過一百根都不會有嚴重的問題，況且一天也很難超過一百根。頭髮長的人，看起來以爲掉很多，其實仔細數，眞的不多。

無知讓我害怕，不敢跟爸媽說，更怕看醫生檢查的眞相，問了老師之後，一切變得好輕鬆，什麼問題都不是問題。我仔細算算自己洗完頭後掉在浴缸排水孔的頭髮，也算了吹乾頭髮後掉在地上的頭髮，加起來不到四十根。呼，老師眞準！

開口求助，果然讓我很快釋放我的煩惱。不過，身體健康的問題可以請教老師，小情小愛還是靠自己想辦法較好。除了繼續研讀少女戀愛讀物，我還找到報紙副刊的林蕙瑛老師專欄勤讀。

我認眞的做剪報蒐集，畫重點研讀，看專家怎麼解釋和回答這麼複雜多元的問題。林蕙瑛老師每一次的回答都讓我驚嘆：「原來可以用這種角度看事情！」「原來可以這樣處理！」我一邊讀，一邊反思自己，看著那些被同理的問題，無形中也療癒自己，再有樣學樣的幫同學解決問題。

「交了男朋友卻和原本的朋友漸漸疏遠了怎麼辦？」「這世界上有眞愛嗎？」「他爲什麼不喜歡我？」「爲什麼突然不理我？」「爸媽反對

我和男友在一起怎麼辦？」「我想做的和爸媽希望我做的完全不一樣怎麼辦？」「我好痛苦，因爲他們誤會我。」

高中生的煩惱說簡單很簡單，但若過不了這一關，就會一輩子鬼擋牆的卡關。這些問題會在不同的年紀以不同情境出現。早點面對就能早點做好心理準備。每個問題其實都反映自己的想法，反思問題之後也許就可以得到解答。

「交了男朋友卻和原本的朋友漸漸疏遠了怎麼辦？」往下探索也許會浮出和朋友之間的誤解，也許朋友感覺被遺棄或被忽略，心裡不高興，而你因爲感受到朋友的怒意而不敢靠近，久了只好漸行漸遠。若是問：「該怎麼和好友回到以前的親密？」或承認自己談戀愛投入過了頭，不小心忽略好友感受，想辦法道歉並彌補，也許簡單些。

但若兩人單純緣盡，也別太在意，有些人註定只能陪你一段。所有感情都一樣。

小時候遇到愛情和友情的失衡，未來還可能遇到愛情和親情、健康和事業、工作和家庭、夢想和現實的失衡。只要努力追求，認眞經營，你想要的、渴望的都可以兼得，想得到多少，就去付出多少。與其懷疑世界上有沒有眞愛，不如努力創造眞愛，如果連自己都做不到，那還奢望什麼？

當一個人越沒能力，越沒自信，就越在意別人的看法，越在意別人看法就越容易遭到反對，並和這情緒過不去。我們可以同理爸媽的擔心，用誠意和實力來說服他們，然後交給時間，用良心過每一天，有一天他們一定會懂。不懂，你也不會有什麼損失，因為你有的是實力。

我們的人生就是從不斷經歷、不斷體驗後，頓悟出一些智慧。問題得到好的進展，同學們滿意我的服務，開始改口叫我端端夫人。

「家醜不能外揚」給我好大的包袱

我很喜歡聽同學講心事，也很喜歡幫同學解決問題，但我從不把自己心裡想的任何事情說出來。

因為爸媽交代家醜不能外揚，交代不可以麻煩人家。在家裡，我從未曾被傾聽，也從來不把自己的心情或想法說出來，有時才開口說了一點，馬上就被否定、拒絕。這感覺很糟，所以我不揭露自己，一個人承擔起青春的重量。

歐比發現我的問題，寫了封很長的信告訴我她的心情。「我們雖然認識還不到一年，但早已當彼此是最好的朋友，可是妳卻從不跟我分享妳的心事，有時看妳眉頭深鎖，偶爾還嘆氣，每次問妳都說沒事。我很難過，覺得自己不被信任，難道我只是妳的酒肉朋友，有福可以同享，有難不能同當？原來我們只是這麼膚淺的關係嗎？……寫這封信只是要告訴妳，不要忘記我的存在，我會永遠陪在妳身邊，二話不說的跳出來當妳的解決麻煩精。」

好感謝歐比寫了這封信，她讓我知道原來我在朋友眼中是這樣子。一開始我還否認，我從沒在朋友面前虛假過，我的笑都是真心，不是強顏作戲，也沒有什麼憂慮。沉澱了一下又想，的確，我有太多太多的事沒說（這本書的前半部我都沒說過），不是不想說，是不會說。

我不懂怎麼表達自己的想法和情緒。以前，為了不想聽父母囉嗦，我習慣報喜不報憂，發生很糟的事也偽裝成沒事，再把糗事包裝成喜事。我不想要自己的膽小、自卑、恐懼甚至嫉妒這些負向的想法被看穿，總是用硬頭皮和厚臉皮讓自己堅強的撐過去；我不希望自己的計畫被鄙視、被嘲笑、被阻礙，於是習慣先默默的做，什麼都不說。

我解決自己壓力的方式不在處理或發洩情緒，而是解決問題。一碰到問題我就想辦法，一找到辦法就馬上執行，只要是讀書以外的行動，我都很積極。

我沒說是因爲沒什麼好憂慮，我皺眉是因爲有好多好多事要做，我嘆氣是因爲雖然做了好多好多，還是有好多好多事沒做。幸運的是，我想做的都慢慢完成，煩惱也跟著問題解決而消除。

幫助別人，等於幫助自己

我也需要情緒共鳴，不過這個需求已經在傾聽同學問題和研究同學問題的過程中同時得到紓解。

我發現，原來不只我遇到這樣的問題，好多人都跟我一樣，說的話、想做的事從不被家裡認同，有人想學鋼琴，媽媽冷淡的說：「別肖想成爲音樂家，妳不是那塊料。」有人跟我一樣想學剪頭髮，卻被爸爸回：「要不要順便去學倒垃圾？」

你們怎麼知道我們不可以？憑什麼決定我們不可以？他們不知道彈奏鋼琴能讓自己心靈豐富，是讓我們不孤單寂寞的財富；他們不知道髮型設計是藝術，是可以幫助人找到自信的專業。

他們脫口而出的詛咒像毒藥，慢慢殺死我們的熱血和夢想。

只有一樣東西可以阻止毒害發作，就是我們對自己的相信。因爲相信所以可以堅持，因爲相信所以願意不顧一切的努力。我相信不管做什麼，我都可以做得最好，就算是倒垃圾，我也會讓自己成爲垃圾專家。

我安慰別人，同時安慰自己。

分享，讓我的心不孤單

歐比的信還讓我覺察一件事。我可以一個人活得很好，但如果我的心沒有開放，就沒有人可以進來我的世界，參與我的生命。如果我不想麻煩別人，別人就不會有機會和我有交集，朋友是，情人也是。

也許這就是我高中以前負向情緒爆炸的原因，也是我沒有生死至交、無法經營一段長久關係的原因。

我決定開放自己，認眞跟我在乎的人交換心情和秘密，面對面說不出來，就用錄音帶交換日記，從此沒有人可以打斷我，整個A面六十分鐘都是我的時間，讓我暢所欲言，我透過自言自語整理自己，經過歐比B面六十分鐘的回饋認識別人眼中的自己，然後療癒自己。

這段經驗是讓我走入心理治療領域的關鍵。

Chapter 3

往更好的自己出發

不只去愛，還要讓自己因爲愛，越來越好。

不只是看，要認眞觀察，最好還能抽絲剝繭找出重點。

不只是聽，要用心傾聽，能反映情緒並抓到對方希望你了解的內容。

不只是讀，要眞的吸收，要能融會貫通內化成你價值的一部分。

不只是說，還要有內容，多說些能幫助別人的話，不管是智慧或感情方面。

不只是想，要仔細思考，明辨是非，還要能確實檢討反省。

不只計畫，重點是行動，彈性的行動，別被計畫綁手綁腳。

因爲愛情，我得考上大學

爸媽經常對我耳提面命：談戀愛一定考不上大學。聽起來沒錯，但這麼絕對的假設就有邏輯上的謬誤。戀愛和考大學也許有相關，但不是因果。的確，談戀愛沒讓我考上大學，不過，只是暫時沒考上大學。

高中三年忙東忙西，沒空談一段感情，中間有好多機會，都只是短暫的約會。聯考前學校停課的那個月，我跟著同學一起到K書中心讀書。剛到K書中心那幾天，我非常認眞，讀書效率很高。不過，就只維持幾天。

有次走出K書小隔間到廁所途中，見一群南一中學生站在飲水機旁邊聊天，關在女校六年，我無法從容自在的從男生面前走過，只能害羞、低頭、小碎步跑過。這麼剛好的匆匆一瞥，視線瞄到其中一位男生制服上的名字XXX，是我國小四年級剛轉到台南市小學時坐在我隔壁的男生！他功課非常好，有次老師讓我們交換改考卷，他看我每題都錯，於心不忍，開恩放水，幫我改答案，還主動教我數學。我非常崇拜功課好的人，不但崇拜他，還暗戀他。自從五年級分班後，已經隔了八年，天啊！心跳加速，再也無心課本。

這一眼，從此改變我的人生。

在一起的過程很夢幻，另一個美夢成眞。幸福有先後順序，讀書和愛情我先選擇了愛，因爲他是我的夢想，誰知道可以愛多久？什麼時候還有？先愛了再說。

順著流走，生命自有出路

爲了和當時的男友在一起，我一定要考上大學，當一個配得上他的人，一定要擠進台北市的大學，而且一定要在台灣大學附近，因爲他在那裡。

我的人生表面上不給別人做決定，但自己做的決定卻幾乎都是爲了別人，這個議題不斷在我生命中出現，我稱爲順著流走的貴人模式。人生像河流，順著大自然的節奏，該轉彎就轉彎，該停下來就停下來，生命的本質是輕鬆、自然而然的，抱著開放的心接受一切變化，相信生命像河流，一定有出口。我們的生命很自然的會走入一些人，他們在重要的關卡出現，或者說，他們的出現就是一個關卡，幫助我們去經歷改變。不管好壞，都是我的貴人，因爲他們，我變得越來越好。

我心知肚明自己不可能一次就考上大學，當時我們普通科還不曾有人考上大學，而且大學錄取名額很少（一定要這樣補充一下，才不會覺得自己太爛。雖然眞的有一點爛。）。聯考考完當天，我就去報名重考班，得到學費半價的優惠。不得不說，補習班的學費花得很值得，每位老師都有好豐富的經歷，上課既有趣又有效率，我得到的不只是知識，還有更多對人生的美好憧憬。

進了補習班，我才開始眞正念高中，慢慢補完三年的功課。考了又考後的分數依然很勉強，加重計分後的優勢落在北中南部的東方外國語文學系，我在這些語系之間插入了社會心理系，便天意的考上了。

考上世新社會心理系我好高興（因爲離台大好近），我這麼喜歡研究每個人的行爲動機，這麼喜歡幫別人解決問題，念完四年，一定可以讓我功力大增！

眼光放遠一點，談戀愛，還是可以考上大學。

把大學當Buffet，盡量吃到飽！

我上大學那年，世新從五專剛升學院不久，舍我樓初蓋好，我幸運的成爲使用新大樓教室的新生，也幸運的成爲社會心理系第二屆的學生。眞是一個美麗的巧合，高中念第二屆，大學也念第二屆，我很滿意這個人生故事的橋段。

擠入大學後，我得到前所未有的大解脫。第一個是生活上的大解脫，我終於如願離家，終於擺脫父母「什麼都No」的過度保護，終於成功的從「毒舌之窟」逃走，終於不必偷偷摸摸做自己想做的事，終於得到眞正的獨立，終於可以爲自己做決定。距離讓我們少了很多摩擦，增加很多美感，多了很多想念。

離開，可以中斷原本習慣的溝通模式和情緒模式，讓我有機會多和不同人接觸，大量輸入新的語言模式，改變內在的自我對話，改變我的認知行爲。

第二個是學業上的大解脫，馬上將log、sin、cos、tan、cot統統

delete！難道不能給有興趣的人上大學再修這麼有內涵的數學嗎？它們讓我背了多少年白癡、智障的陰影，身爲女人、主婦、老闆、老師、作家、諮商心理師等角色，我需要的只有加減乘除。

大學科目幾乎全是我喜愛的，我的分數又升級了。特別愛心理學，心理學的應用還包括行銷心理學、社會心理學、組織心理學、諮商理論與實務、團體動力學、人際關係……每科我都愛！全部都和我的生活息息相關，是少女戀愛讀物的正統理論版（少女戀愛讀物正是先修班）。心理學的核心來自對人類的好奇和關心，好奇我們如何學習？好奇新習慣如何產生？好奇人與人的感情如何發生？好奇心裡的痛要如何停止？心裡的傷要如何撫平？我全部都想了解。讀起來得心應手。

開學註冊，我們依序報到選課，系秘書跟我們幾個在系辦選課的人閒聊說：「你們要珍惜，好不容易念了大學，一定要好好利用學校資源，爲了不浪費學費，盡量多修一點課，修越多，越划算！」

「不浪費」和「划算」這兩個關鍵字用力打開我的耳朵，吸引我的注意力。對！我已經晚到，好不容易擠進來了，我一定要多修一點課才「划算」！才「不浪費」！我要把大學當Buffet，學校端出來的菜我都要吃！

我只旁聽，不修輔系也不申請雙主修

我不想修太多學分，一次考這麼多科肯定應付不來，我有太多事要同步進行，只要一科分數考差，就會拉低我的總平均。

考慮總平均是策略性的爲了畢業後出國念書做準備。高二時我曾有機會（名額兩位）在暑假到美國姐妹校遊學，當交換學生兩個月。爸爸擔心我到美國就跟黑人一起吸毒，非常反對，我開出一堆條件、軟硬兼施和爸媽交換之後，終於獲得同意。沒想到姐妹校交換學生計畫臨時終止。我很失望，但也鬆了一口氣。第一次離家就飛到這麼遠的國家，我其實還沒準備好。

目標延期，延至大學畢業後再出國好了。爲了方便以後申請國外學校，我要求自己大學平均分數至少維持八十分的程度。

當時非常流行雙主修、修輔系，還有修教育學程。身邊朋友很怕自己沒修輔系或教育學程以後就業沒有競爭力，又擔心既然自己的成績可以申請輔系，如果不修以後會不會後悔？每個人身上都扛了好重的學分，課程吃重又辛苦，最後不少人半途放棄。

我的成績可以修輔系，也可以申請雙主修，但我沒有申請，也不想考教育學程，因爲沒想過自己可以當老師，又打算大學畢業後先出國念書再說。對我來說，在大學最重要的是在這裡眞正學到並得到的能力，能夠應用且持續使用的實力，不是輔系、雙主修的學位，或成績單多出來的那些科目，畢業後，如果沒有繼續複習，全部都會忘光光，有修沒修並無顯著差異。（出社會後更印證我當時的想法，學歷可以保證能力，但也不等於能力，能力一定要老老實實跟在你身上才有用，不精熟或不出色，等於沒用。）

雖然沒有修輔系也沒有雙主修，但我也沒有浪費我的大學時間，除了系上必修課，我還選修兩年日文，旁聽國語正音班、廣告行銷課、口語傳播、消費者心理學、新聞採訪與編輯。趁暑假到政治媒體營工讀，免費旁聽電視辯論、時事評論、電視彩妝教學、電視演說和電視形象教學。能上這些課眞棒，雖然是讓政治人物上的媒體應對課程，但我也跟著進入攝影棚，看著他們化妝和演出，跟著他們一起接受指導，整個訓練規格跟明星沒兩樣！雖然我只是跟進跟後的旁聽，但已經很受用，高中只能靠自己摸索，現在我想學什麼，這裡都有。

得空，我就待在圖書館看書、看雜誌和看電影，還看了很多教學錄影帶。圖書館裡的視聽中心設備眞高級，不來眞是對不起自己。世新圖書館還有一項創舉，是第一個把漫畫放進圖書館的學校！我好高興自己進了這麼酷的學校，我愛看電影，愛看漫畫，很多人生智慧、視野和格局不必親身體會，就可以靠這些學會，可以學品酒、學料理、學推理、學歷史，還學勵志金句。

我看書、看劇、看電影很慢，有時會被朋友笑：「看那麼久還在這一頁？」「現在才看到這裡？」我眞的看很慢，不只看很慢，我還會看一遍又一遍。

每次打開漫畫、散文或小說，我喜歡研究這個故事如何開始。第一章、第一篇、第一段、第一句很重要，它們能不能吸引我，決定我要不要繼續看下去。作者寫這篇故事爲什麼要選擇這個事件或這個畫面開始（opening）？我不只看劇情，還會一直倒帶重播想著：爲什麼編劇要讓他接這句話？爲什麼他要這樣演？他有什麼樣的心情？編劇怎麼會有這麼多點子？如果是我，我會怎麼寫？

這是我從小的習慣。我不怕被說看得慢，我就是看得很慢啊。我知道我看的不只是書本上面的訊息，我還要看見自己，發現自己。

在大學學到比課業重要的三件事：傳播、打工、交朋友

在這麼富裕的大學殿堂，我一定要充分享受，當一個很有觀察力的人，把注意力放在身邊發生的所有事，什麼都可以聯想，什麼都可以學習。不是教科書才有學問，生活隨處都有大道理。

傳播

忘了學校哪個老師在校內演講時說：「我們學了任何知識和技術，最後都要傳播出去，如果沒有傳播，這些知識和技術就不會被知道，也不會被傳承，更不會被留下來。」

這個時代想發生任何好事，要出名、要賺錢、要維護地球安全，都要靠傳播，傳播是教育，也是行銷。

找工作和談戀愛也要傳播，才能成功的把自己「推薦」「銷售」給老

闆或情人，要他們接受並買單。你這個人就是你開發、設計、改良的商品，有什麼優勢、好處和與衆不同都得靠傳播才能廣爲人知。

個人若想傳播，一定要練好口才和筆才這兩樣工具，把自己當成傳播工具時，注意的細節要更細緻，有形無形的外表形象（氣質）、語言（內容）、非語言（聲音、表情和行爲），都是傳播的一部分，若還能掌握這些其他因素就能更勝一籌。這幾樣一定要在大學時代做好自我訓練和準備（越早擁有越好），畢業後才不會太累。

口才

我的大學生活除了泡在圖書館和到處旁聽，還常做一件事：參加演講、研討會。偶然一次被老師叫來幫忙接待之後，便發現研討會的樂趣，演變成每週三下午的固定活動。

我參加研討會只有一個目的：喝茶、吃點心。原本只是想吃免費的茶點，聽到最後竟然成爲我想當大學老師的關鍵點。日久生情？也許吃吃喝喝，輕鬆愉快，容易產生喜愛的錯覺。我愛上研討會的場合，見識演說很棒的講者，讓我好想跟他一樣上台拿麥克風，就算不是唱歌，演講、教學都好。吃到好吃（或不好吃）的茶點，也會好想自己來辦一場研討會（要找最好吃的會議餐點）。

我不只在學校聽演講，還會到其他學校或其他機構聽演講。參加這麼多場演講和研討會，聽過的主題好多好多，看過的演講者也好多好多，我聽內容，也觀摩講者台風和口才，還有他們的ＰＰＴ。

有些人的ＰＰＴ好精簡，但演說很有內容；有些人的ＰＰＴ密密麻麻，贅詞也密密麻麻。有些人做了內容非常華麗的ＰＰＴ，特效很多，卻好像不是自己做的，跟內容很不熟。我在學校聽過很棒的演講，那眞是用「演」來講，肢體非常放鬆自然，聲音迷人又有豐富的表情，說話節奏搭配ＰＰＴ內容，緊扣聽眾心弦。聽完只能發出「ＷＯＷ！」的讚嘆，不只學到演講者想傳達的內容，心裡還會出現一個典範，知道自己的表達可以怎麼修正，可以進化到什麼地步。

演唱和演講，某些精彩的部分高度重疊。

實務演練：上台報告

高中三年苦練，雖然已經不再害怕站在台上指揮或伴奏，但我還沒試過站在台上開口說話。上了大學後，別說上台演講，我連上台報告都搞砸。

大一第一次上台經驗是代表小組報告社會學的讀後心得，選我上台的理由是因爲我年紀最大，看起來天不怕地不怕（依然是裝的）。那是一個非常大的場面，有重修的學長姐，還有旁聽的別系同學，再加上我們班的同學，約六、七十人擠滿一間小教室。

第一排坐著系主任和新聞系的學長姐，台下密密麻麻的觀眾，空間壓力好大。輪到我上台時已經接近中午，再十五分鐘就十二點。我飢腸轆轆，焦躁緊張到胃裡翻滾，非常不舒服，像有人把拳頭伸進我的身體捏它一把一樣。我的聲音隨著身體和胃的抽動斷斷續續，無法控制我發抖的舌頭和嘴唇，咬字一直不準，我的手扶不住A4紙，我的眼睛也找不到報告上的字，小時候的中風狀態再次復發。

我斷斷續續的說著，中間還有停頓十五秒不知道自己該說什麼。學長姐皺眉看著我，像同情、像討厭，也像看不起（我的恐懼帶來的投射），讓我更不知道怎麼收場（即使現在我已經講了快八百場演講，閉著眼睛冥想當時，心臟還是會亂跳）。我狼狽的滾下台，知道自己的表現非常差，還把緊張焦慮的負向情緒傳遞給所有在場老師、同學。

我沒有做足準備，太小看這個場面。狠狠檢討後，我把丟臉的心情打包起來，收拾好。但我不能忘記這一次的羞惡經驗。

一定要消滅這個弱點。我決定爭取之後每一場上台報告的機會，洪水般灌入大量經驗值，讓我不得不習慣。上台報告是每個人都想逃避的苦差事，大家寧可多寫一點報告也不願上台說話，於是，上台報告的任務每次都很順利的落到我身上。

這一次，我不是要拯救別人，我要拯救自己。

花時間製作逐字稿

準備讓我的心安定。我慢慢打出上台報告的逐字稿，連呼吸轉折都備註寫在裡面，然後默背到爛熟。擔心太緊張會找不到每一段的開頭，還用紅筆圈起來做記號。有時不能帶稿子上台，我就在每根手指頭上寫下每一段開頭的第一個字，一看這個編碼就能想起整段內容。不過寫在紙上或寫在手指頭上的方法，效果不是太好，我還是會因爲太緊張，想不起手指記號下的內容，講到最後多半自由發揮。自由發揮有自由發揮的好處，只是不能保證每次都恰到好處。

後來我把打出來的逐字稿唸出來，用錄音筆錄成mp3，早晚播放，刷牙、整理家務或洗燙衣服的時候聽，反覆背誦。以前聽侯文詠的有聲書卡帶可以聽到一字不漏背起來跟著他說說笑笑。這麼一試，效果果然非常好。經過四年的厚臉皮和硬頭皮的練習，我終於可以安心上台，開心下台。

練習是把生手變專家最有效、也最無可取代的方法，任何專業都適用。即使每天只練習十分鐘，一個月都會看見變化和成果。寫到這裡，剛好看見台灣疊杯高手林孟欣的新聞，他從國一看到疊杯影片產生好奇，開始買一組練習，一次又一次堆疊練習，每天兩小時，成就感發展出興趣，練就神速快轉的疊杯手法，即將代表台灣出國比賽。

變成專家，不是一個月、兩個月，而是五年、十年的事。

我在學校上台的最後一個作業，是代表畢業生在畢業典禮上致詞。這一次我已經不緊張，安全上台、下台，及格，沒有對不起在台下的父母。

仔細回想，我只有上台講正經話時（報告或演講）會緊張，拿麥克風主持活動或唱歌比賽都難不倒我。我主持過好幾場社團發表會、迎新大會、迎新舞會、班會，也參加幾次歌唱比賽，得過合唱組第一名，代表系上去參加全校歌唱比賽，是有唱片公司（忘了是BMG還是EMI）製作人當評審挖掘新人的那種大場面喔。不過那次比賽是不得已，該去的人臨時怯場，我當時是系學會行政副總幹事，只好再拿出硬頭皮撐場，沒有造型，沒有練習，連伴唱帶都是臨時借到現成的〈新不了情〉，我佩服自己這麼有種（把好不容易的出道機會當兒戲）！

幸好有參加，現場學到好多評審講評演唱技巧，拿麥克風控制大小聲的方法，現場演唱不能站太前面，會聽不到後面音樂，唱起來像脫拍，身體要放鬆，咬字也是發音的一種，也有技巧，動作可以多，眼睛緊盯全場，練習夠了，上台就要好好享受舞台。這幾句話，我永遠不忘。

筆才

口才好不好顯而易見，文筆好不好各有意見。

小學四年級班導師跟我爸媽說，我的作文不好，希望家長多讓我看課外書（我們家的課外書只有《中國民間故事》和《漢聲小百科》）。爸媽好緊張！省吃儉用把我送到家對面的YMCA學作文。

YMCA老師上作文課的方式很特別，和學校上課的方式完全不同，像腦力激盪，她要我們練習用想像力表達一些圖像，例如一個圓，是怎樣的一個圓？平面的？立體的？硬的？軟的？多硬？多軟？怎麼個硬？怎麼個軟？想了好多好多形容詞來形容一個圓。老師讓我們猜燈謎，照樣造句設計新的燈謎考別人。我很喜歡這種上課方式，不需要課本，只需要想像。我在作文班上表現很好，老師非常喜歡聽我的答案，我寫的每一篇作品都被貼在佈告欄上，讓其他同學觀摩。小學畢業時，我的作文（題目是「愛」）得到YMCA全省作文特優獎。

上了國中，距離我國小畢業得特優獎不到兩個月，我的作文在學校老師眼裡表現平平，稱不上佳作，也不再有機會參加任何作文比賽。上了高中，我的國文作文不是班上最好，英文作文是全校第一。到了聯考，作文分數又創新低。進了重考班，我的作文分數很高，接連幾次都被貼在外面的公佈欄。後來聯考分數又飆高。

我的作文分數在學生時代就是這樣高高低低、起起落落，我沒把握怎麼寫可以討好老師或討好觀眾，看清這點，便不再考慮討好。想想《魯冰花》的劇情（一九八九年的電影），非常有畫畫天分的原住民小朋友，他的畫沒在台灣得獎，被老師送去國外參賽卻在國際發光。我不要讓別人的分數決定自己的價值，好不好看的標準是過我自己這一關，由我來評價自己寫得好不好。我依然是自己的教練。就算我年紀小，至少知道自己喜歡看什麼，不喜歡看什麼。

多看書非常有幫助。我身邊喜歡看書的朋友文筆都好，因爲書看得多，腦海裡的資料庫也豐富，幾千種句型，幾萬個字彙，幾百套故事架構，一點也不怕沒梗或詞窮。字彙和形容都要靠思考，靠累積，聽說方文山自製一套自己的韻腳資料庫，把所有的字分類，做好準備寫詞找資料就不那麼累。

看什麼類型的書或看誰的書很重要，因爲它們決定你用字遣詞的深度和內涵，就像交什麼朋友就擁有什麼習慣、什麼口音或口頭禪一樣。

看文章就是讀一個人的心境或思緒，也看一個人的內涵。學歷高的人文筆通常不會太差，因爲他們花比一般人更多時間看書寫報告，花更多時間練習，成果騙不了人。知識和經驗豐富的人，因爲見多識廣，比一般人言之有物，可以內容取勝。

多看多寫，自然就會抓到精彩的感覺。

寫文章最重要的還是感受力的傳達。感受力是快速找到題材的一種能力，要仔細觀察並深切感受生活中的大小事，聯想過去經驗，重新定義或賦予意義，然後用文字把這個歷程記錄下來。

念了心理治療後，我寫文章有更多的感覺，我發現引起共鳴、感同身受的重要，更明白感同身受的共鳴後所產生的魅力。我學會細細密密的揭露自己的想法和經驗，把自己的心理歷程（怎麼想？怎麼感覺？）點點滴滴寫下來，我用生命寫文章。

人生不必單點

大部分的人很難做到口才、筆才面面俱到，會說話的不會寫企畫，文章寫得好的面對群眾不敢講話。我推論這跟大學時代作業分工有關，團體作業的分工，總是有些人負責寫作業，有些人負責上台報告，較少有人又寫作業又上台報告（這些人通常都很優秀）。我曾經是二選一的學生，不喜歡寫報告，只專注練習上台報告，到了大二還對研究報告的格式不熟，這才覺醒：我不能再逃避，要不然畢業後我就只是一個會耍嘴皮和空談的人。

很多人認為學歷、工作、美貌、身材、金錢、穿著、品味、年紀、愛情、情趣、修養和人際很難全部兼得。年紀大的人容易失去浪漫的情趣，有美貌的人好像多少有點壞脾氣，學歷高的人通常不懂穿衣服，有錢的人很難保持好身材……我只是隨便舉些刻板印象的例子。

我們生活的世界缺乏一個全能的典範（model）。大多數的人認爲兼得太難，便不去追求，甚至自動放棄（自我價值論再次出現，逃避失敗比追求成功容易）。這現象可能跟小時候大人的打壓有關，他們只期待我們在課業上的成就表現，很少讚許其他關於美或藝術的追求，我家就是這樣，想打扮美一點好像就跟放棄學業畫等號，想打工或談戀愛就是開始變壞。

我覺得兼得不難，套句哈福．艾克（T. Harv Eker）在《有錢人想的跟你不一樣》寫過的：「有錢人想著如何兩個都要，窮人想著如何二選一。」心裡認眞想要，就能什麼都有。

兼得並不需要樣樣頂尖完美。學歷、工作盡心盡力，沒有委屈或對不起自己；美貌不必冒泡，表現得體出衆就好；身材只求緊實健康，不是要用來走秀；金錢只要生活無虞還有能力助人，偶爾可以來點奢侈，夠用就可以；穿著不必高價位，只要讓人覺得舒服有品味；年紀大，依然保有好奇和容易大笑的赤子之心，認爲什麼都有可能的寬廣大器；有一段穩定成長且有趣的愛情；並且有心有能力照顧身邊的人。這是我追求的理想。每一種特質都給自己一段時間追求，我的人生故事還沒有完結，追求就沒有終點。

這些能力得靠自己覺察和修練，就算老師教再多，實務還是得靠自己眞正做了才能獲得。

打工

肉圓店霸王硬上弓（工），主動爭取想要的工作機會

我一直好想就業，不想升學，一心想證明我不必靠學歷也可以找到工作，不靠爸媽的庇蔭也可以走出自己的路。當然也因爲自己不是讀書的料，只想快點工作變有錢，這樣才能快點搬出去獨立。

小時候看過一些台灣有錢人的勵志故事（《叫太陽起床的人》），我想到一些自己也可以做的事：洗碗（從基層做起）和打掃（我最擅長）。天下無難事，只怕有心人。吃得苦中苦，方爲人上人。

這些話沒有過時，過時的是那些方法。光復前那個年代，只要肯拚就有錢途，現在都什麼時代了？哪還能靠搬米、修輪胎出頭？不過我還是去做了，因爲我想做。

國二的某個星期六中午放學（當時是一九八六年，星期六還得上半天課），我騎腳踏車到府前路上的福記肉圓，準備開始我的發達之路。

選擇福記肉圓是有原因的，這是當時我最愛的一家店，小學時，每天中午爸爸都會幫我帶福記肉圓讓我當午餐，我心想，既然準備要吃苦，一定要在自己喜歡、有感情的地方，如果我表現得好，老闆也許會請我吃兩粒肉圓也說不定。

我直接對櫃檯（老闆）開口：「老闆，可以讓我幫忙端盤子或洗盤子嗎？不必給我薪水沒關係。」以退爲進，進了再說。老闆看看我，沒有反應，我繼續說：「我眞的很想幫忙，因爲我很喜歡吃你們的肉圓，如果可以在這裡工作我會感覺好榮幸。」店裡的人眉來眼去。可能擔心我沒經驗，一出錯會引來客怨，把生意搞砸。他想了一會兒便說：「好啊，不然妳就幫忙送肉圓給每一桌的客人。」「好！謝謝！」我好高興，他們答應我了，我要開始打工了！

我非常認眞的記下客人的點單，送肉圓、收盤子的速度又準又快，一得空就主動幫忙洗盤子，沒讓自己閒著，隨時注意客人等候的狀況：「請稍等一下，我馬上幫你送來。」我不能辜負老闆對我的信任，他願意給我機會，我就不能讓他失望。

快樂的工作時間好快就結束，人潮散去後，老闆請我吃一盤肉圓，還給我一張五十元鈔票，好有成就感！當時一星期零用錢是一百五十元，眞的好想休學來打工，可以做自己喜歡的事（不用念書），還一直被客人說謝謝、被老闆說謝謝，我覺得自己眞是一個有用的人。

一時得意忘形，開心的跟爸媽報告我今天的收入和表現。當然馬上又被打回蠢蛋的原形。

「笨耶！以後大學畢業，賺的錢比妳現在打工多好幾倍，妳的學歷如果只有國中畢業，永遠只能賺那麼一點錢。不好好珍惜當學生的時間，好好學習，妳學習的時間只有十六年，以後還有四十年要不停工作，這麼急著工作幹什麼？這麼想工作就在家幫我做，妳掃地加洗碗，我給妳一百元，妳把這碗補藥喝完，我再給妳五十元。」嘗過工作的辛勞之後，才會懂得珍惜學習時的簡單幸福。

我依然是那個只會做錯誤決定的笨蛋，打工的決定錯誤，自討沒趣的跟爸媽分享我的喜悅也是錯誤。我心裡一直想給爸媽一個機會，一個可以鼓勵、支持、讚美我的機會，可惜一直沒有得到回應。不管我做了什麼開心的事，他們都覺得沒什麼。別人家的小孩總是比我乖又聽話一百倍。

不過我還是記得把那碗補藥喝完，伸手跟媽媽要了五十元，再去洗碗和掃地，不賺白不賺。等我賺夠錢，我要馬上單飛。

光會掃地、洗盤子還不夠，我還經常練習整理家務。我可以用很快的速度把房間整理乾淨，用最短的時間換好床單和被套，研究刷馬桶的方法，準備以後去應徵飯店客房服務。我還會修改衣服和褲子，就算當女工也沒問題。

我不確定自己以後可以做什麼工作，但我知道多存一些能力在身上準沒錯，我年紀小，沒有錢，但我有的是時間準備。

五星級大飯店開啓另一個層次的感官經驗

大一開學沒多久，我好友的直屬學長告訴我們一件很酷的事，他們下課後都到凱悅飯店（現已改名叫君悅飯店）的滬悅廳當服務生，每天從晚上六點工作到十點，時薪一百元，工作四小時現領四百元，累積滿一百小時，時薪就會調成一百二。這實在是太棒的誘惑！馬上答應跟進，當晚就去。

我只需要準備一雙黑色高跟鞋就可以上工。這是我第一次穿高跟鞋，在通化夜市買的，一雙兩百元，是我第一份工作的成本。

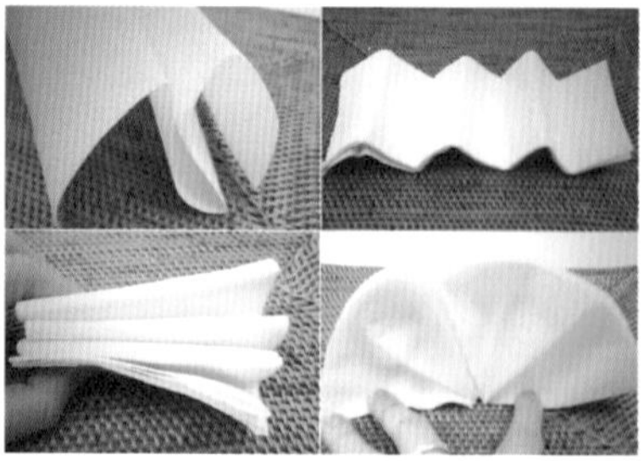
用餐巾紙替代口布示意圖。

滬悅廳提供白襯衫、黑窄裙當制服，員工有更衣室，穿過的衣服飯店人員會回收清洗。換上衣服後，領班會發給我們一人一個英文名牌，名牌是隨機的，我有時叫Cindy，有時叫Ivy或Tiffany。

有次，某個廚師跑過來跟我聊天：「妳的名字叫Sunday啊！」Sunday？低頭一看，原來我今天叫Sunny，害我失望了一下，想說叫Sunday也太有創意了。

新人的工作是摺口布，口布是餐桌上擺放的餐巾，滬悅廳的口布摺成扇子形狀，很有東方味。先將長方形口布摺成M字形（側看），再反過來摺成扇子狀，約摺三個半的山峰，注意前後最後開口要一上一下，展開後就是一座扇子山，更神奇的是，只要抓住前後兩端一甩，就可以輕鬆打開成三角形的餐巾，給客人使用（摺口布的技巧我現在還記得，有時到餐廳吃飯或喝喜酒，空檔時我就表演摺口布拆口布給朋友看）。

接下來用口布擦拭洗好的刀、叉、湯匙，然後分類。晚上結束工作前，要收拾碗盤和髒口布，口布們堆在地上，我跪在地上把口布分成兩堆，很髒的、不太髒的。

慢慢熟悉環境和工作，便開始到菜口端菜，到這個階段才走出廚房，走向外場。我穿著窄裙高跟鞋，扛著長約七十公分、寬約五十公分的托盤

（大家都稱呼它英文名：tray）上肩，艱鉅的、優雅的行走。

六點開工前，若有時間我們可以先到員工餐廳用餐，這讓我每天省下一餐的伙食費。員工餐廳的菜是飯店用不完的材料做的，比如一顆芒果的兩頰肉會用來做菜，芒果心就留給員工吃，還是可以吃到芒果心旁邊的小果肉，一樣甜，一樣好吃。有時在廚房菜口等菜的時候，廚師會請你吃多出來的甜湯或點心，比如棗泥餅旁邊切下來的餅皮，帶點餡，幸運的話，可以吃到一整塊棗泥餅或其他菜。

我的味蕾因此大躍進，不花錢就學到好多上海菜的名和味，開啓我對美食的追求和研究。味蕾的開發是讀再多書都難以明白和傳授的感官經驗，一定要自己吃過、感受過，才能明白箇中滋味。看過麵包冠軍吳寶春的故事就能更明白。他出身貧苦，從小沒吃過什麼好東西，做出來的麵包也只停留在那一味。直到生命中的貴人出現，帶著他吃遍世界美食，帶給他前所未有的感官經驗，他才明白原來麵包還有更高的境界。

上菜前，我們會在旁邊的小房間先用湯匙（在下）和叉子（在上）當工具夾菜、分菜，幫客人把菜或魚分成一人一份。這是我在這裡學到的功夫，可以夾得又快又順，只要表演過，大家都會連呼嘖嘖。

在大飯店見識經理如何和客人互動，是學校教不到的服務課（跟到對的人也很重要）。我沒有服務業的經驗，頂多只在瓊瑤劇看過丫環伺候主子的畫面，用這招好像也行得通，很快就上手。有次我見一位老婆婆邊吃邊咳嗽，主動送了一杯溫水關心她，幫她把魚刺拿掉，讓她不會因爲邊吃邊咳，不小心被魚刺刺到，她離開前，握住我的手跟我說謝謝（又誇我善良可愛）。有些客人被服務得開心，還會塞五百元小費在我手上，堅持要我收下。

我服務過很多當時紅得要命的瓊瑤戲主角，還有已經遠嫁國外息影的巨星，還看過好多現在已經記不得名字的政商名流（九〇年代）。小時候想進入明星的世界，現在竟也離他們好近。

接近明星的方法有一百種，我的朋友和學生們現在都當起導演、編劇、空姐、公關、記者、音樂人、舞蹈老師、演藝經紀人、電影公司工作人員、口譯人員，都已經踏入明星的圈子，跟明星當起朋友。我挑了最難、最不可能實現的那一個：當明星。雖然好傻好天眞，但很值得，因爲我已經得到我想要的回憶和能力。

我靠著大飯店打工的經歷回台南找暑假打工，好多餐廳都錄取我，我選了一家餐飲好吃的咖啡麵包西餐廳當外場服務生，這家店的一樓是咖啡店和麵包店，用餐時間可上二樓用西餐。短短兩個月的正職，我在這裡開發了早餐菜單，學會煮虹吸式咖啡，還學會開店、收吧檯的流程。最直接的利益是讓我賺了一筆錢。以後還可能靠著這些經驗開一家店。

原來，調查研究這麼好玩

大三時，又在學長姐的引介下到世新的民調中心打工，這裡時薪也是一小時一百元，地點更近，就在校門口旁邊大樓五樓。世新民調中心很有名，這裡接了非常多政府、國科會、電視圈的電訪研究。

來打工的學生們一人有一個小隔間，像K書中心那樣，隔間裡有電話、耳機，我們的工作就是打電話到每個家庭，隨機按表格抽樣找出適合受訪的對象，看電話號碼尾數是雙數還是單數，住哪個城市，再抽樣選出適合受訪的對象是家裡年紀最大的女性或最小的男性（有抽樣表可查）。

找到適合的受訪對象後，再依序訪問他們問卷上的問題。我喜歡這個工作（以前做過補習班招生工作，對打電話和陌生人說話這個工作還能勝任，並且有一點自信），雖然有時會被掛電話，有時會被冷淡回應（也會被罵），但也常常跟對方聊到欲罷不能，反正大家誰也不見誰，我不會把「電訪員被拒絕」和「蘇陳端被拒絕」畫上等號。

打電話前，我會先把問卷讀熟，熟到幾乎背起來，這樣才知道怎麼問比較自然，比較流暢，不會耽誤我和對方的時間。我的聲音熱情有禮貌，問卷成功率很高，很快就當上督導，坐在前面的位置看大家打電話、收問卷。督導時薪更高，一小時一百二。民調中心的男女老師和主任都對我很好，後來佩玲老師問我要不要在白天空堂時也來幫忙？

當然要！我什麼機會都不放過。

新工作是把前一晚的問卷 key 進電腦裡，跑統計資料。以前上過統計課，還沒做過這種眞槍實彈的演練，不知道統計可以怎麼應用，現在完全明白。問卷跑出來後馬上知道大家喜歡什麼口味的飲料、哪一類型的節目收視較好、哪個候選人的支持率較高、哪個運動品牌知名度較高，好好玩！老師教我看報表，也分析給我聽。

到了大四，必修課只有八學分，一星期空堂的時間更多了，繼續在民調中心當助理做行政院文建會的案子。文建會要撥預算給廣播電台，需要他們製作節目企畫案申請經費。我的工作是在小房間裡把來自全省廣播電台投稿的節目企畫案和試聽卡帶整理出來。有好多節目類型，每一個電台可以報名兩個以上，企畫案非常多，每份都要看，然後整理出一個簡單的表格，再跟著老師四處開會，連絡專業的評審審核這些案子，最後把他們的評語整理出一個表格。

我在民調中心工讀的時間好多，賺了不少錢，每個月入帳約兩萬，日子非常好過。讓我富有的不只是金錢，還有非常重要的知識和經驗，我知道一份問卷要怎麼設計、怎麼抽樣，也學到電話訪問的技巧、如何key資料、跑統計、看報表、如何寫企畫書製作廣播節目，還從評審的評語裡學到如何製作才能成功申請到經費。

打工是尋找興趣的一種方法

就打工這件事，我和爸媽有不同的看法，他們老話一句，就是不希望我把時間花在工作上，學生的工作就是讀書。

台灣青少年一直被封閉在課業上，對工作倫理和內容一無所知，這個時代狀況更嚴重。我們無法探索職業，對職業的知識多半來自家人的工作（或從小接觸的老師、接觸過的店），這些是我們接觸最多、最熟悉（也最有人脈）的工作，漸漸的，在台灣連職業都能遺傳。

看外國人寫的書，羨慕他們從小就趁假日在自己家的庭院賣二手貨，向鄰居或同學推銷兜售東西，練習表達和說服，漸漸物品越賣越大，從賣娃娃開始，賣成地產大亨。還有一個人從小在高級社區的超市收銀台打工，因爲親切、可愛又熱心助人，幫助了（也認識了）未來投資他開店的金主，開了這間店又賣了那間店，一間又一間，慢慢開成億萬富翁。

外國媽媽對他們的小孩多所限制，但更多的是鼓勵嘗試和從旁協助，這種資源……我找不到。

我對打工的想法是，最好打有意義的工。

怎麼挑有意義的工？沒有答案。我沒挑過打什麼工有意義，也沒想過打什麼工對我的未來有幫助，一向都是學長姐介紹我就跟去，老師要我來我就來。一如我的生涯類型，順著流走的貴人模式。

我唯一做的就是讓所有做過的事都對我的未來有幫助，每件事的意義由我來賦予。我相信發生在我身上的事都有它的意義，得用我的智慧找出來。找不到怎麼辦？也不能怎麼辦，有些人過了一輩子還是找不到自己這一生的意義。我不想當這種人。

我不是爲了考研究所而去民調中心打工，但民調中心的工作確實幫我考上研究所，尤其是統計和研究法的部分。我不想讓學過的能力浪費，會認眞幫這些能力找一個舞台，讓每個能力都有表現的機會。

滬悅聽的工作很有意義，它開發我的味蕾，打開我的視野，讓我接近上流社會，讓我想努力進入那個世界，激勵我想給自己更好的生活。它也讓我明白眞心的服務可以感動人，更喜歡服務之後帶來的滿足感，還有被感謝的成就感。

我愛上服務業，如果每個人都有機會體會被美好的服務感動，一定會變得越來越好。正好印證個人主義治療學派的假設，只要給人一個滋養的環境（充滿同理和尊重），人就有正向改變的能力。

做中學，不知亦能行

我是一個喜歡實務（做）勝過理論（學）的人，喜歡由下而上的思考，很多事情讓我做出興趣，我就願意花時間去研究。因此也不難預見我以後一定是先工作，做出興趣後再去考研究所。

我對高中歷史興趣缺缺，一直排斥，總覺得歷史不合時宜。大學後迷上電影，當我看了一部非常好看的歷史劇，很快就對電影的故事背景和人物角色產生很深的感情和興趣，好想了解他們的人生，於是開始地毯式**google**那個時代的歷史，著了迷、不吃不喝的研究，終於明白何以無古不成今。和其他人喜歡先研究故事的歷史背景，再去看電影的習慣（由上而下的思考）非常不同。

以前讀地理非常痛苦，也許是（無意義的）考試題目讓我痛苦，長大後開始出國旅遊，世界各地走了一遭，見識了好多特別的文物，經驗了好多不一樣的生活習慣、飲食和氣候，一樣停不了的瘋狂蒐集資料。那種因興趣產生的熱情一旦燃燒，威力之強、影響之深，連自己都嚇到。

交朋友

在大學，我主動去認識了一些很棒的人。

小時候交朋友很被動，誰先跟我說話，我就跟誰當朋友，不好意思拒絕別人，也不會篩選，總覺得朋友越多越好。

後來才發現，朋友不是越多越好，而是越精挑細選越好，因為你會變成你的朋友。朋友在一起久了，說話的口氣和口音都會變得一樣，穿著打扮思想行為更不用說，就算你不這麼認為，別人也會把你們的心畫上等號，就看是他影響你多，還是你影響他多。雖然交朋友多半被動，不過我也很擅長離開道不同或喜歡暗箭傷人的朋友。

上高中後，我交朋友變得主動，主動認識我欣賞的人，不分科別，不分校。上了大學繼續主動。大一有好多通識和共同科目和其他系一起上，我在這些課堂上認識了一些現在在各領域都很有聲望的女人，施愛咪是其中一個。她是我大學一起上體育課的好朋友。

那年體育課，意外的，班上只有我一個人選到這堂羽球課，沒一個認識的，我擔心不知道怎麼找人對打？幸好這時候我已經不是害羞的人，在人生地不熟的環境也可以很快跟陌生人聊起來。第一次上課的時候，我視線掃瞄了班上同學，一個一個……嗶嗶，我掃瞄到施愛咪。我發現她也在看我，她很友善的對我笑，如果這是《我愛紅娘》或《來電五十》，我們已經投對方第一類接觸一票。

每當老師集合又散開、散開又集合，我們就在混亂的隊形中，越靠越近，越靠越近，就在快要下課前，施愛咪先開口跟我說話：「妳去過溫哥華嗎？」施愛咪笑嘻嘻的指著我身上這件印有深藍色Vancouver字樣的紅色運動服。「呃……」我完全不知道自己身上衣服印什麼字，那件運動服是跟當時男友借的。

原來施愛咪一直對我笑是因爲我們同一國。我們都穿加拿大的運動服，我穿的是Vancouver（溫哥華）、她穿的是Toronto（多倫多）。

我叫她「大智慧」，這稱號通常是上了年紀或修了佛的人才配得上，但當年她才二十歲。那一年她五專插大榜首進入世新公廣系（畢業後又以榜首身分進入政大廣研所，畢業後第一份工作就到那家大家羨慕得要死又很難擠進去的廣告公司）。她說話不疾不徐，沒有贅字，都是重點，常常一語驚醒夢中人。情緒不焦不躁，輕盈如風，沒看她緊張失態過。渾身氣質就是大智慧，不管談戀愛、讀書或工作都是。

「妳一直都這麼大智慧、這麼有自信嗎？」施愛咪跟我一樣都是獅子座，我好奇她是不是從小就像《獅子座的命與運》寫的那樣？

「我以前參加青訪團的時候很沒自信，那時是五專生，其他人大多是大學生。不過還好那時候我年紀是團裡最小的，大家都很照顧我，沒有特別感覺什麼，是長大後回頭看，覺得那時候的自己，其實很沒自信。沒自信的時候會隱藏自己的感受，不敢跟別人談自己，會巴著自己覺得很棒的人，想在旁邊感受點什麼，或刻意搞笑。」

「後來怎麼改變的？」

「如果要說怎麼改善，我會先把自己想做的事情或該做的做好。我的工作或角色常讓人覺得我有自信。其實自信不會從天而來，都是靠努力，付出越多，就越有自信。如果沒有認眞做，就會沒自信。也許可以僞裝，但騙不過自己，我覺得我是個沒辦法取巧的人，註定腳踏實地。我看過那些有自信又讓人喜歡的，多半也是努力的人，算自誇嗎？哈哈，有的人有自信，但讓人討厭，因爲不讓人信服。」

還有一位到我們系上雙主修的奇蹟學長謝國廉，大學念新聞系，有能力又有體力雙修社會心理系，畢業後考上台大國際發展研究所，又到英國愛丁堡大學完成法學博士學位，現在已是大學法學副教授。人生看似輾轉曲折，卻始終有個明確又堅定的目標：當大學教授，繼續學術研究。

他是我認識、也是我見過最積極又最神奇的學生，腦筋清楚，邏輯清晰，口才、筆才都優秀，國語、英語雙聲帶，常代表學校參加英文演講比賽、游泳比賽都拿金牌回來，是世新大學最好的品牌行銷代表。

有次我從六樓教室陽台往下看，校園裡每個人的動作都慢條斯理，有個人非常特別，看他行動就知道此人是異類，他從校門口咻咻咻、健步如飛的移動著，待走近一看，原來是謝學長！他大學就靠著說寫流利的英文進入《*China Post*》當編譯，圖書館和學校的資源都被他充分的利用，各式各樣的課他都上，什麼學分都修，連戀愛也沒錯過（戀愛學分也很優秀）！和女友（也是我學姐）愛情長跑十幾年後結婚，恩愛如昔。

他胃口好！體力好！大學Buffet吃超飽！

趁大學時代多交些不同科系、不同領域的朋友，如果行有餘力還可以到其他學校認識不同環境的朋友（參加校際比賽、校園聯誼、打工或旁聽），他們會分享很多我們不知道的事，我大一時幸運的認識這麼多奇蹟般的朋友們（還在日文課認識現在當紅的陳海茵主播），和這麼優秀的人當了朋友後，我也開始變得不一樣。

我無法預知自己十年、二十年後的樣子，但只要肯付出努力，未來一定值得期待。

把自己當星探，看好自己，多認識一些自己欣賞的怪咖、奇葩，十年、二十年後，有一天，你和他都會成爲當時無法想像的人。

夢想不會不見，它只是換個方式呈現

論文與實習，想選哪一樣？

到了大四，我們得在實習或寫論文之間做選擇。選擇實習的同學只要在暑假期間或開學後每週選兩天到實習單位工作，每天寫實習日誌，再請實習單位的督導打分數。我們可以實習的單位有學校輔導室、法院（觀護所）、社福機構、公關廣告公司。寫論文的同學要在暑假前找好指導教授，暑假的時候寫好文獻探討，上學期開始做研究、寫結論，下學期三月要做一場學術論文發表。選擇寫論文的同學通常是想繼續升學考研究所的高材生。

毫無疑問，我不可能選擇寫論文！把自己關在家裡、坐在電腦前打一本論文簡直是身處人間煉獄，年紀輕輕何苦這樣折磨自己。我早就決定到行銷公司當實習生，準備去見見世面，發揮自己最大實力！

大三時，我選修行銷心理學，遇到伯樂老師，成為她眼中的行銷天后。老師很欣賞我，也很想重用我，主動邀我到她的公司實習。

我很會賣東西

大學聯考後，我曾留在補習班打電話給所有應屆考生，問他們要不要來參觀補習班、有沒有打算重考。這應該是所有重考過的人可能會接觸到的工作，我是業務，幫補習班銷售重考座位的業務。

我用夢想打動學生。「重考一年換一個新學校、新學歷，無價。」「念不喜歡的科系，與其痛苦四年，不如辛苦一年。」「偏遠地區的學校資源貞的比較少。」「讓自己升級進好一點的學校，會認識更棒的人脈。學校是人生的分水嶺，越快進去越好。」不得不說，爸媽每天灌輸我的升學觀念在這時候還滿管用的，我不用思考，就有一堆說法滔滔不絕湧出。

我對男校同學說：「來報名的女生都很漂亮喔！我看過。」對女校同學說：「來報名的男生都很帥喔！我看過。」再用價格新低、分期付款打動父母：「放榜之前報名，價格最低！」

先打電話跟他們做朋友，把他們引來補習班後，九成都會報名（印證了社會心理學的「腳在門檻裡」理論）。

我是當時的業績女王，到補習班找我的學生非常多，報名成交的人數也非常多，多到連班主任都知道我。我還同時在補習班銷售自己用不織布做的布娃娃吊飾，掛在書包上的那種（上大學後我還在師大夜市擺過攤位賣手作娃娃）。

我一直非常喜歡行銷和廣告，看電視連廣告都著迷，對廣告slogan非常熱愛，曾經在筆記本上抄了好多廣告台詞。其實是因爲明星之卵練習生想像有一天也許要拍廣告，特別花心思背了一些廣告台詞練習。

（後來我也創作了一些slogan用在廣告上。杏立博全醫美診所的除毛廣告：「夏天就是要根根淨淨！」乾乾淨淨雙關。陸委會包機給台商返鄉過年的廣告（擺在機場）：「這裡，永遠留一個位置給你。」機位和家庭雙關。）

行銷心理學的期末考題目要我們擬一個行銷企畫案，像日本節目《電視冠軍》特別企畫那樣，要振興一間快倒閉的蚵仔麵線店。我的企畫案得到九十五分！是當時最高分的一科。這份企畫案幾乎把我所有會的東西（很多是看電視學來的）全塞進去了。

一、先改進蚵仔麵線的口味，提升整家店的服務品質（端出在滬悅廳學到的服務課）。要行銷一定要先做好品質保證，不能用方法把客人騙到店裡來，吃了以後卻留不住客人。負評擴散之後就更難彌補了。

二、在店附近發問卷，問問附近居民對蚵仔麵線的想法，喜歡什麼樣的口感和口味。問卷也是一種行銷方式，讓客人有印象店家是這麼認眞的爲他們著想。拿出民調中心學到的問卷調查研究來做。

三、研發新的蚵仔麵線口味後，在店門口舉行湯頭試吃並投票，讓民衆有研發的參與感，好像自己是店家的一分子，有了感情以後就會是店家行銷宣傳的種子。

四、不定期或定期舉辦蚵仔麵線大胃王比賽，吃五碗不用錢。

五、票選蚵仔麵線親善大使，選出麵線哥或麵線妹（拿出選秀節目的梗）。請報名者錄製影片，在店內播放，然後讓用餐者一邊用餐一邊欣賞，只要投票就可以折價五元，增加印象，強調參與感。

印象中的企畫案內容大概是這樣。

老天沒有給我想要的，是因為我值得更好的

我當時的好友想當輔導老師，拉著我陪她一起去國中和國小輔導室面

試。

中山國小（在世新附近）的輔導主任好溫柔好親切，頭上彷彿有天使光圈。不到半小時，相談甚歡，她好愛我們，我什麼都沒準備，主任就要我們兩人一起立刻上班。沒錯，是連我一併錄取，我只是陪朋友去面試啊。

好友幺我陪她面試後，再幺我陪她一起實習。可是我要去行銷公司啊。不過最後我被收買了，因爲她說，只要我陪她一起實習，她就每天幫我帶早餐。

我其實很好幺，只要請我吃東西。

到中山國小當輔導實習老師可以讓我好友和輔導主任開心，也會讓我爸媽好開心（一定非常開心），尤其是媽媽，她的夢想是有一天看著我當上老師，第一次我可以離她的夢想這麼近，這麼確定。我想讓大家開心，所以做了這個決定。

我的行銷廣告夢呢？暫緩，行銷老師願意等我畢業。

開學後，每週兩天到中山國小實習，輔導主任指派我們的第一份工作是重振輔導信箱功能。主任說，因爲人力不足，輔導信箱已經淪爲垃圾箱，希望我們可以想辦法讓輔導信箱重生。

和主任討論這項工作時，腦中已經浮現一堆行銷輔導信箱的計畫。我要行銷輔導信箱的功能，我要讓輔導室成爲學生下課後最愛來的地方。我根本不必放棄行銷廣告，只要我是我，我想做、會做的事，就可以在任何一個地方實現，我也可以在學校繼續做行銷廣告！

馬上開始動手。我和好友一起把輔導信箱的垃圾清乾淨，我要把信箱改造得可愛一點、卡通一點，要一眼就能吸引人。我到學校對面的油漆行買了一些明亮色系的油漆，重新粉刷輔導信箱。

我買了四張全開的圖畫紙，貼成一張高度約兩百公分的海報，在上面畫了一隻人形立牌大的邦妮兔（當時小學生最愛的卡通人物）貼在木板上，再請校工裁一裁形狀。邦妮兔就是輔導信箱的代言人，取名叫兔兔。接著我請在民調中心認識的公廣系學妹幫兔兔配音，她的聲音非常卡通，非常可愛，一定很受小學生歡迎。我請她把這段話錄下來。

「大家好，我是這個學期新來的兔兔，我想認識好多好多中山國小的小朋友，因爲你們每一個都好～活潑，好～可愛。剛到這個新環境，我對學校還不熟悉，希望你們可以多多照顧我呢，多多跟我介紹你們眼中的學校，如果你們也想跟我做朋友，請你們寫信給我，放進這個信箱，我就可以收到你們寄給我的信囉。收到你們的信我會好開心，也會回信給你們喔。你們可以多多跟我說你們的心事，讓我更了解你們，這樣的話，我們的感情就會變得越來越好唷。」

我幫兔兔辦了一個見面會。朝會時間，兔兔跟著我上台，放了音樂跳了舞，我便在司令台上介紹這位新來的神秘朋友，從學校廣播出這段話給全校的小朋友聽。很快的，輔導信箱就被小朋友雪片般飛來的信塞爆了。

天啊！不只兔兔收到信，我也收到小朋友寫給我的信（我有粉絲了），還有小朋友送來的水果、飲料和餅乾。我們當時受到小朋友歡迎的程度有如今日的水果姐姐，兔兔彷彿是今日的巧虎。

我們非常認眞的手寫回信，有時趁朝會時間，請兔兔分享它收到信的心情，分享一些對小朋友問題的看法（還是請學妹錄音），並從信件中找出需要幫助的個案。

輔導信箱重振計畫看來非常成功。我的指導老師邱皓政老師閱讀我的實習日誌時說：「太精彩了！這是一個非常棒也非常成功的行動研究。端，妳想不想把這過程寫下來，寫成論文發表？這些實習日誌就是現成的研究內容耶。」我瞪大眼睛，寫論文？是要我墜入人間煉獄嗎？

老師接著說：「系上有準備五千元獎學金給發表論文的學生喔。」

（我忘了是三千還是五千？）

「好。」我又中招了。

這麼容易就被說服，寒假泡湯了。邱老師建議我和好友兩個合寫一篇論文，又快又不會太累。我們找了詹昭能老師（當時是系上老師，也是輔導中心主任）當我們的論文指導教授，老師非常認真指導我們，在修寫論文的過程中，眞正學到什麼叫研究，怎麼思考研究動機，怎麼寫結構分析。就這樣，花了一個寒假時間，不眠不休、死而復生的把論文寫完。非常順利的發表（按論文口試方式進行，學校還請來別校的教授當口試委員）。

當論文完成、發表結束的時候，我非常非常開心，從來沒想過有這麼一天，我拿著麥克風站在台上，完成了一件我從未想過自己也可以做到的事，而且是學術性的。

我創造了一個奇蹟，過去所有的努力和練習，在這一刻完全呈現。我們是系上唯一實習又發表論文的學生，這個紀錄至今無人能破。我感謝當時好友帶我進入輔導的世界，也感謝兩位老師給我寫論文的機會。

我爸媽也非常非常開心，他們覺得我終於「開竅」了，「想通」了。

不懂計畫的人生

我有目標，也有想法，更有執行力，但一點也不喜歡做計畫。我承認，是沒能力做計畫。寫文章也一樣，我沒辦法符合老師教的方法，先擬大綱再寫作，我總是寫完文章才補大綱（完完全全由下而上的思考）。

不做計畫不見得是件壞事。很多人做完計畫，就以為自己已經完成夢想，然後就當沒事，不再行動。我也發現，很多人一邊做計畫，一邊打退堂鼓，想東想西，太多顧忌，還沒行動，就放棄。

我喜歡邊做邊決定，不喜歡被計畫綑綁。但有兩個人完全不這麼認為（隨便猜也知道是誰），他們認為成功人士就是要做好完善的計畫，才能一步一步往前。

我曾經為聯考做過讀書計畫：星期一讀國文，星期二讀英文，星期三讀地理，星期四讀歷史，星期五讀三民主義，星期六算數學。但根據有效能的讀書計畫建議，不可以一整天都讀同一個科目，太單調，容易學習疲乏，最好是文科搭配理科，英文之後要算數學，這樣才能平衡。所以我的計畫被認爲是錯誤且無效能的計畫。

但我想要一天只做一件事，只準備一個科目的書，我習慣把一件事專心做到底，我的個性也適合如此。

有時整星期我都在讀國文（瘋了？），再花一星期讀英文。多年後考研究所也一樣，連續一個月我都在讀教育心理學。我不想剛培養出對這一科的喜愛卻被中斷。我看書很慢，一個小時根本沒讀進什麼記得住的東西，就被下一科的訊息洗板。我要花很長的時間專注研讀同一科，一直回想，還要對照生活中的例子，才能把書本的知識融會貫通變成長期記憶。

我有自己的節奏，自己的方法。

我不只是讀書不喜歡計畫，人生也不喜歡按表操課，不想在什麼時間、什麼年紀規定自己做什麼事，而且我想放進人生的課題和多數人不一樣，到現在還沒放入結婚生子，因爲我還有比這兩件更想做的事、更想過的生活方式。

畢業那年五、六月，班上同學已經開始投履歷，開始面試，我一心只想期待一個長假，之前的實習又寫論文又發表，快把我累死了。

我不擔心畢業後沒工作，因爲很多老師都留我下來繼續幫忙，民調中心主任、行銷老師還有系主任。我在畢業前受系辦邀請，對學弟妹演講：

「如何在大學畢業前就有好幾個工作機會找上門？」（人生第一場演講）方法其實沒什麼特別，就是眼睛睜亮一點。在自己擅長的科目表現好一點，跟學校老師們保持良好的互動關係，工作機會自然多了起來。不過這些都不是我刻意規畫、主動追求，都是靠學長姐和朋友居中牽線。

老師也是學校的資源，是Buffet裡的主菜，活生生、熱騰騰的，沒有不吃的道理。我是很怕權威、遠遠看到老師或教官就會故意繞遠路，能不打招呼就不打招呼的人。但我的好友非常愛去輔導中心，非常愛找老師，心裡有疑問就去敲老師的門，還拉著我一起去敲老師的門，託她的福，我才敢踏入老師們的研究室，見識另一種理想的生活模式。

我相信上天會派一些小天使在我們身邊，引導我們去發現我們想做、想學或該做、該學的事。對我來說，偶像是我的天使，男友是我的天使，朋友是我的天使，老師是我的天使，爸媽也是我的天使，用另一種方式激勵我。就像《琢磨靈魂的五十個小練習》這本書的作者（日本靈媒）提到的，我們身上有很多守護靈，這些守護靈會引導我們去發現身邊的暗示，安排一些重要的人出現，保護我們或引導我們去學習人生的課題。

我喜歡做的事

畢業後，我沒到民調中心，也沒到行銷公司工作。我第一份應徵的工作是雅詩蘭黛的化妝品專櫃小姐（沒刻意挑品牌，當時只有雅詩蘭黛到校園徵才）。在第一屆大學徵才博覽會拿到宣傳單，便大膽的跑去應徵。

我想當專櫃小姐是有原因的。我的化妝技巧是在百貨公司的專櫃學的，我想變美，我想要光鮮亮麗，但不知道去哪裡學化妝讓自己變美。我想到百貨公司求助化妝品專櫃小姐。

好櫃姐可遇不可求，我愛逛百貨公司，晃來晃去，晃了好幾個月才終於晃到一個跟我看對眼的櫃姐。第一個教我化妝的是SONIA RYKIEL的專櫃小姐，我跟她說想試試眼影，她非常好心的開始跟我介紹，並說眼影要塗在粉底上才好顯色，好的膚質才能讓粉底出色，說著說著就在百貨公司一樓大廳幫我敷臉、上隔離霜、上粉底、上眼影，一不做二不休，幫我修眉、畫眉、還畫眼線、上睫毛膏，最後連腮紅都上了。

我當時素顏，頭髮扁塌、穿著老土、皮膚又差，整體糟到不行，她依然對我非常溫柔。溫柔的幫我一邊解說一邊化完妝，我的五官變得乾淨整齊，看了都快愛上鏡子裡的自己。我沒什麼錢，只能先買眼影，她完全沒翻臉。後來我常來找她聊天、買東西，從便宜的眼影、指甲油下手，她見了我還是會幫我化妝，也讓我自己練習試著化妝。

我想當化妝品專櫃小姐，我想要像這位櫃姐一樣幫助人，讓人變得喜歡自己，變得有自信。後來我眞的跑去應徵了，面試地點在雅詩蘭黛總部，所有應徵者圍繞著主考官坐成一個圓桌。我們塡好個人資料後，開始自我介紹。每個人都是美容科畢業，都有丙級執照，我什麼都沒有。底薪一萬八（比我靠空堂時間賺的還要少），靠業績加薪。我黯然退出。

大四時，我曾在輔導中心做過一份生涯興趣量表，我的何倫碼是ASE，藝術型、社會型、企業型（何倫碼有六個類型，研究型I、藝術型A、社會型S、企業型E、事務型C、實際型R），我喜歡有創意、時間彈性、與人接觸、有競爭性並能賺錢的工作。

老師要我列出三個最喜歡的職業，我寫了導演、空姐、化妝品專櫃小姐（當時還不知道有彩妝師這種職業，如果知道我一定寫彩妝師），這三個職業都和我的本科系無關（我當時並不知道社會心理系畢業後可以做什麼工作，也許因爲班上同學已經比我早知道，才紛紛修輔系、考教育學程）。

老師要我寫出兩兩職業之間的共通點，把這些點列出來。

嗯。化妝品專櫃小姐和空姐都有光鮮亮麗的外表，我喜歡工作的時候可以打扮得很漂亮。兩個都是服務業，都要服務客人，我對自己的服務很有信心。

導演和化妝品專櫃小姐都擁有自己的專業知識，都要教育別人，都要看到別人的潛力，激發他們（導演要看到演員的潛力，激發他們；櫃姐也要發現客人變美的潛力，激發他們）。

導演和空姐都不必坐辦公室，還可以到國外工作。

這三個職業的共同點是有自信，都不需要待在辦公室，都在做跟藝術有關的事。

綜合以上，我喜歡藝術，喜歡工作時把自己打扮得漂漂亮亮，喜歡服務別人，喜歡教育並激發別人的潛力，喜歡行動自由，不喜歡坐辦公室。如果以這些條件去找工作，我可以做的工作更多，並不是只侷限在導演、空姐或化妝品專櫃小姐。

我可以在未來從事任何一項工作時，把我喜歡的價值融入，就算當人妻、當家庭主婦，我也可以讓自己漂漂亮亮的在家裡工作，我可以服務並激發我的老公和小孩的潛力。只要注入這些我喜歡的價值在工作裡，就會是我喜歡做的事。

更奇蹟的是，我現在的工作，完完全全符合我當時對工作的渴望。不論是作家貴婦奈奈或諮商心理師，我都可以用我的方法激勵人、服務人、改變人。

只要你敢用我，我就敢做

我沒忘記我的留學夢，大學四年我一直都在爲出國留學做準備。

爲了順利申請學校，我在學校盡量累積各種經歷，雖然不是很厲害，但我很盡力。我當了系學會的行政總幹事、入選世新四十週年校慶酒會的學生代表、參加過歌唱比賽還得了名、舉辦過迎新舞會（找場地、找贊助）、主持多場活動、當過畢業生致詞代表，還有過飯店、餐廳、民調中心、行政院文建會的打工經驗。

我在小學當過實習輔導老師，行銷過輔導信箱，做過一篇論文研究，還幫原住民教育教科書畫過插畫。大學四年的成績總平均戰戰兢兢的超過八十分（心理學類偏高，社會學科還是低）。

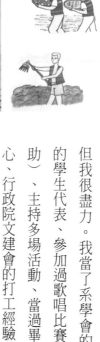

我已經盡力爲自己留下些什麼了。

畢業後的暑假，我報名托福和GRE，每天晚上和假日都在上課，白天繼續過暑假。有天回學校申請成績單的時候，竟在大樓電梯口遇到三年

校慶酒會說明，請學生要用心打扮，盛裝出席。同學問我：妳怎麼跟平常穿得一樣？因為我平常就都盛裝上課啊！那髮型完全是安全帽造成。

不見的張景然老師。

張老師是我大一的導師，也是大一心理學和團體動力學老師。大二後老師離開教職到國外讀博士。我畢業這年，他已經拿到博士回來教書了。我們站在電梯前聊聊近況。

「我想出國念書，正在補習，想給自己一年的時間申請學校。」

「所以這一年還沒開始工作嗎？我有個建議，妳聽聽看怎麼樣？」

老師告訴我，他的團體動力學需要一個助教跟他一起上課，週末到學校觀察學生帶團體，並給予學生們帶團體的回饋和督導。「一個月可以有一萬元的獎助學金。」

「喔？好！」見錢眼開，毫不考慮就答應。

我什麼都沒準備就這樣當起學校助教。老實說我一點把握也沒有，團體動力學這一門課我不是特別優秀（還算不錯），不確定能不能勝任，但既然老師都敢開口，我就敢接下這份工作（我相信這樣做，爸媽會非常高興）。

我所能努力的就是不要讓老師失望。

自從接了張老師的團體動力學助教後，好幾位老師也找我當國科會助理和助教，於是我又接了羅燦煐主任的國科會助理、邱皓政老師和詹昭能老師的統計助教（統計助教要在統計實習課時把上一堂老師教過的內容再跟學生複習一次，然後指派作業給學生練習，還要解答學生問題）。

我得到這麼多工作的原因是我沒工作，是自由之身，班上大部分的人都找到工作或搬回家鄉去了。沒工作也有沒工作的優勢！

接了以後才開始發抖……統計……統計助教！

統計是我的惡夢，數學是我的天敵，我在數學面前是弱智，大學聯考數學才考五分，我媽說，如果全部用猜的，搞不好還比我認眞算出來的五分多一些。

接了就接了，這是我該面對自己弱點的時候。老是被罵數學白癡，罵到自己都認了，一看到數字就直覺反應我不會、我看不懂，想都不去想。我要趁這個機會重新認識數學，想出一個辦法，把統計恐懼消滅，就像我曾經努力過的那些練習一樣，有一天我也要變成統計王。

離開學還有兩個月可以準備，馬上把書拿出來（幸好都沒丟）。我在大學畢業後才開始用功念書（我人生不斷重複這樣的命運），非常認眞，比期末考還認眞，因爲考試零分絕對沒有比站在台上卻說不出重點，或一問三不知來得丟臉。我不但花很多時間研讀，還非常勤快的問老師，聽課也比任何一位同學還認眞。

我告訴自己，只要比同學們領先一章就可以，領先的這一章，我一定要非常熟練。我土法煉鋼的把所有公式摸得清清楚楚，背得非常熟，加上民調中心的調查研究和統計報表訓練，這一次和統計再見，已經不像從前那麼陌生。

只要把自己放在那個位置，自然而然就會有那樣的表現

人很奇妙，不得不承認，一個人的潛力可以多強大不是自己能想像的，不試，永遠不知道。

千萬別怕自己做不到，只要把自己放在那個位置，自然而然就會有符合那個位置該有的氣勢和表現。就像藝人一出道，就算一夕爆紅，一旦站在藝人的位置，自然而然就會有藝人的樣子。

要不是老師無條件的信任，願意主動給我這個得來不易的機會，我絕對與這角色無緣。我若自己看見佈告欄上徵國科會助理或徵助教的消息，一定看過就算了，認爲這與我無關，我不是最優秀，也不是最用功，跟助教的形象相去甚遠。

那是我不敢想也不敢求的位置。

重新認識自己的學習能力

幸運的，我表現不錯，當了兩年助教後，忽然有個大膽的想法：讀這麼多書，要不要去考個研究所試試？

實話是，考研究所又是爲了愛。十五年前和小六歲的男友交往，我二十四歲，他十八歲，我打零工，他當學生，兩人又窮又悲，騎著摩托車在敦化南路、仁愛路和天母發夢，希望以後有能力給對方過好日子。

還是走上父母期望的路

以我們當時的條件，沒資金、沒背景、沒經驗，想賺錢（發財）太難，無計可施，只好跟隨我們爸媽走過的路，靠科舉翻身（他爸媽也是）。他到補習班跟班主任爭取用榜單換取免費補習重考的機會，重考醫學系，拿醫師執照。我陪著他一起讀書，決定繼續考研究所、念博士，想辦法進大學教書。我們知道發達是一條非常漫長的路，從現在開始至少還要走十年。

第一年考試，政大教育研究所與師大心輔所撞期，我選擇報名政大教育心理系的教育心理組，原因很沒用：因爲師大口試要考諮商演練，我沒有接個案的經驗，聽說過程很恐怖，從沒聽過師大以外的人考上，所以不敢報名。

後來我沒考上政大。當時同學在政大幫我看剛出爐的榜單，知道結果後第一時間打電話給我，哭得比我還傷心。我安慰她，沒關係，老天一定有更好的安排。現在沒上是因爲我還沒準備好。

第二年重考，政大和師大依然撞期，這一次改報師大心輔所（不想吃回頭草）和輔大兒童與家庭學系研究所（第一屆招生，很新，無限希望）。爲了輔大我多準備了兒童心理學、發展心理學和家政學（幾天就讀完，因爲我是渾然天成的家政婦，從小就爲了當人妻做足準備）。

老師和同學們聽到我只報兩間學校都覺得浪費：「既然書都讀了，就該多考幾間研究所，不要把雞蛋放在同一個籃子裡。」「師大很封閉，很保守，會保護自己學校畢業的學生，就算妳筆試過了，也可能在口試的時候被刷下來。」

一想到連續兩個月要環島考試我就累，要花錢搭車、住飯店，出遠門卻不是去玩很心酸。我只想留在台北，我是為了愛才考研究所，當然要留在台北。

我有自己的想法。師大心輔所是我的第一志願，最高榮譽的第一志願，應該也是所有諮商心理系學生心中的第一志願，而且離我家好近（我家就在師大後門，我可以至少多睡半小時）。既然決定考師大，我一定要考上，不管幾年都要考上，這學歷關係著我一輩子的形象和我想要過的生活，我不在乎多花一、兩年來準備，更不在乎要花三、四年來苦讀。

透過準備考試的過程，重新認識自己

師大考試科目又多又複雜，要念的期刊也很多，教育心理學、認知心理學和統計我讀了好幾個版本，同樣的理論，經過不同老師的解釋，吸收效果天壤之別，像教書一樣，有些老師寫的例子就是比較好懂好看，找對課本很重要（可以多在書店翻閱後再決定購買）。

讀了認知心理學、學習心理學和教育心理學之後，我對自己有全新的認識，不再經由老師爸媽的評價。從小被評為智商低，至少現在知道怎麼一回事了！

多元智力的觀點

美國哈佛大學學者加德納（Gardner）在一九八三年提出多元智慧理論。他認爲智力分爲八種：

語文能力	使用文字與語言的能力
邏輯數理智力	數學運算和思維推理研究
空間智力	3D空間、距離、方位感
音樂智力	音感、旋律節奏的敏感度、創作與欣賞
運動智力	能流暢的支配身體動作
人際智力	能察言觀色，善與人相處
自我分析內省智力	能自我覺察情緒與認知，並有能力改變自己的能力
對自然的探索能力	對動植物與大自然的興趣與感受力

原來如此！所以有些人語言天分高（學習語言也需要音感），有些人

對音符特別有感覺（音樂智力），有些人擅長跳舞（肢體協調智力），有些人運動細胞特別好，有些人遇到挫折低潮很容易堅強振作（內省能力），有些人很容易交朋友也容易讓人信任（人際智力）。

讀書果然不是全部！數理智力只是其中一小部分，除了數理邏輯智力，其他方面我都有很不錯的表現啊，我喜歡學習語言，對聲音和音樂敏感，喜歡動植物、大自然，經常內省，喜歡交朋友，多項運動都擅長（除了跑步），曾是有氧舞蹈老師接班人，曾變態的練過遊樂場的投籃機，最高紀錄兩百三十五分，是男人們望塵莫及的水準。因爲第一次投籃發現，投十元在六十秒內投四十九分只能玩一次，超過五十分才能免費再玩一次，從此便踏上瘋狂練習之路，六十秒內我可以投一百二十分，下一個六十秒再投一百一十五分。這需要快狠準的魄力和體力，我常投到頭暈滿頭汗也不放棄。

這些能力從來沒被長輩認同過，現在我知道自己不是笨蛋，我在其他方面也有很好的表現，這個相信讓我有了自信，不再隨便貶低自己。

認識自己的多元智力，才能相信自己，繼續開發更多能力並好好利用。傳統的魏氏智力測驗只注重語言理解與詞意表達、數字運算、空間關係、短期記憶、聯想記憶（推理）和知覺反應速度。測驗過程中的緊張也會影響分數。那些天生聰明的人，測驗分數眞的好高，智商一百八不是傳奇，甚至只要多練習，分數要再進步也不是問題。

美國有個很有名的認知心理學家史汀柏格（Robert J. Sternberg）就因爲小時候做智力測驗心靈受創（哇！我也是，還因此被評爲駑鈍），長大後他提出了新的觀點：智力三元論。

組合智力	明白問題與解決問題的能力
經驗智力	整合過去經驗和學習新經驗，不斷修改，讓自己達到目的的能力
情境因應能力	適應並有能力改變自己的環境

他強調智力不只是學科分數表現，更應該把重點放在將所學應用在生活上的整體表現，強調讓所學成爲自己在未來生活上的問題解決能力。這些能力強調學習的重要性，只要肯學，就能改變。

學校教育和傳統台灣父母大多只在乎狹隘智力的成績，其他技能如料理、人際、演說、寫作、運動、音樂、歌唱、繪畫、設計……都不放在眼裡，表現再優秀都難得到認同，台灣小孩長期被這些狹隘的偏見綑綁，找不到自信，甚至不知道自己的興趣是什麼。有些即使知道自己的長處也無能爲力，很難爲自己做些什麼。

大人若只在乎傳統智力，我們便很難把時間花在自己感興趣（其他智力）的事物上。興趣的英文是interest（inter+est），你投入（inter）最多（est）、最滿足（est），可以不眠不休、茶不思飯不想一直做的那件事，就是你的興趣。興趣不是隨便幾分鐘就生出來，它需要一股執著，需要一段時間來養成，需要投入很多來成熟，需要成就感來回饋，然後越發有興趣。

最重要的是，興趣需要被了解、被支持。希望所有人能認識自己的多元智力，好好發揮，堅持到底。

原來我是右腦發達的人

小時候聽過這樣的說法：左拇指在上感性，右拇指在上理性，不知理論何來？讀了心理學才明白是左右腦的影響。

雙手緊握後，左拇指在上的是右腦人（大腦右半球控制左側身體和左拇指動作），左腳比較大、左手掌比較大、左耳聽電話、包包在左側、抱

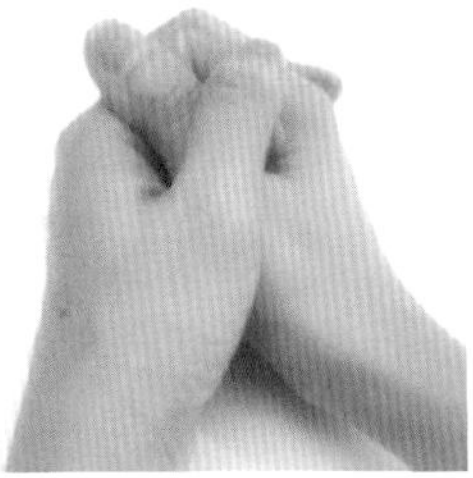

胸時左手臂在上、左手掌在上。右拇指在上的是左腦人（大腦左半球控制右側身體和右拇指動作），右腳比較大、右手掌比較大、右耳聽電話、包包在右側、抱胸時右手臂在上、右手掌在上。

我左拇指在上，較常使用右腦。左大腿比右大腿粗一公分，左腳比右腳大0.5公分，習慣左肩背包包，左耳聽電話。

右腦人屬於統整學習者：

圖像記憶法，把書直接copy到腦海裡，考試的時候會回想這題在課本裡的位置。

學習時喜歡先了解全部概念。

喜歡比賽競爭。

會因老師、長官面部表情而分心。

聯想力強。

不喜歡被批評。

被獎勵或讚美感覺會很好。

認爲問題的答案不會只有一個。

可以同時做好幾件事。

能體會言外之意。

統整性強。

有創意。

比較感性。

藝術天分高。

聲音有感情，較能激勵、啓發別人。

音感好，能很快記住一首歌的旋律。

在乎氣氛。

關於右腦人的形容，我完全同意。我是典型右腦人，所以我喜歡做中學，可以同時做好幾件事。我很重視聲音，很重視關系，又害怕權威。

左腦被稱爲大腦主半球，擁有比較多的功能。左腦人很愛思考，比較愛問問題、愛做功課。

左腦發達者屬於分析學習者：

擅長科學、理論和數學。

注意細節、規範。

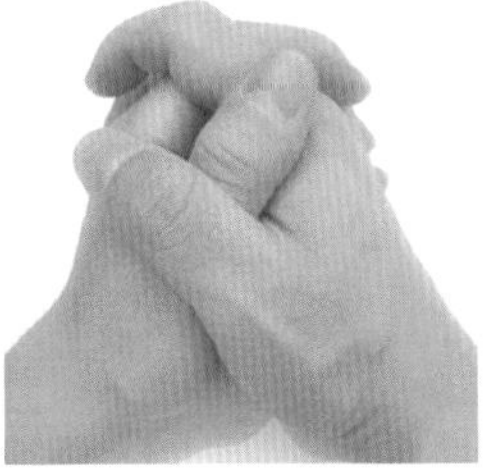
男友黃博是右拇指在上的左腦人。

喜歡做計畫、控制預算。
喜歡思考、問問題。
一次只做一件事。
喜歡獨立作業。
被讚美不會得意忘形（因爲會分析讚美是眞心還是客套）。
聽歌的時候會注意歌詞。
喜歡有各種選擇。
不喜歡模稜兩可的問題，喜歡有確定的答案。
注意規則、公平、理性。
很理性。

左腦和右腦人可以互補，左腦嚴謹、學術性，右腦浪漫、隨性。

觀察哪隻手的拇指在上可以明白先天哪個腦比較發達。透過後天的訓練也會造成影響，出現不一樣的結果。有些人右拇指在上，表示先天左腦發達（數理好），但後天受重要他人影響，也許數學老師比較兇，壓抑數理的天分，美術老師比較親切，受到鼓勵於是開始往藝術方面投入，漸漸的發生變化，開始大量閱讀、熱愛藝術，喜歡運用右腦，也會漸漸用左手背包或左耳聽電話。

有些人左拇指在上，先天右腦比較發達，有藝術天分，但環境需求，後天受了分析訓練，被逼著算帳、思考，漸漸的也會發展成用右邊背包或用右耳聽電話。

了解自己哪個腦比較發達，才能用合適的方式訓練，多做自己擅長的事，就容易事半功倍。

我是聽覺學習類型

每個人的學習類型不同，有些人視覺比較發達（占65％，用看的就懂，畫面很重要，考試時回憶考題會記得這一段出現在課本哪個位置）；有些人聽覺比較發達（占30％，對聲音敏感，喜歡聽廣播、音樂，對聊天內容印象深刻）；有些人觸覺學習較發達（占5％，喜歡體驗，一做就會，手作靈巧）。勉強不同學習類型的人用同一種方法學習就會扼殺天分。

通常女生或右腦人聽覺比較發達。這麼一回想，原來我是少數的極端聽覺和觸覺學習類型的人，難怪我熱愛廣播，熱愛音樂，對聲音敏感。難怪我可以邊喝水、邊聽台詞、邊把台詞背起來。難怪我看譜彈琴很弱，但只要聽過一遍就可以把旋律復刻出來。難怪就算我整理好A4紙的逐字稿，也無法集中注意力。難怪看書特別慢，逼我坐在位置上看書會要我的命。更難怪爸媽罵過我的話，我會這麼刻骨銘心。因爲我是聽覺型的小孩。

我想起小時候學得很快的技術都是靠聽力，唱歌是、鋼琴是、英文也是。高中有一天和爸爸吵架，我賭氣上床睡覺，爸爸進我房間，開燈逼我起來讀書，我打死不起床，也不睜開眼睛。爸爸想了一招，拿起我桌上翻開的歷史課本，從那一頁開始唸給我聽。

天啊！他好閒！

就這樣反覆唸著同一章（隔天要晨考的那一章），我還記得那一章是東漢光武帝劉秀……唸了一個多小時後結束，離開。我閉著眼睛裝睡，但耳朵非常清醒！打很開，因爲不得不聽。隔天跟同學說我昨天很早就躺在床上，結果考試成績非常高！哇，我變成自己討厭的那種愛說自己沒讀書又考很高分的那種人。

回來要求爸爸今晚繼續唸地理，讓我閉著眼睛躺在床上聽。爸爸說：

「不要，自己的書自己唸。」

長到這麼大才發現這個大重點，之前走了多少冤枉路？

我從沒遇過一個懂教育的人來開發我的優勢（右腦和聽覺），事到如今還是靠自己發現。我相信一定還有一些跟我一樣的孩子被忽視自己的長處，被逼著坐在房間裡讀書。

準備研究所科目時，我不再逼自己一定要坐在書桌前讀書，我要善用我的聽覺學習，唸教科書內容錄成卡帶（非常習慣錄音了），每天早上起床開始播放，一邊刷牙、一邊準備早餐、一邊吃，一邊聽。再一邊拖地、一邊燙衣服、一邊收拾家務，一邊聽。晚上睡前躺在床上繼續聽。

右腦人可以同時做很多事！一章聽完再錄另一章。有時我還會把書裡的內容作成詞，填進去自己喜歡的曲子，唱出來，只是好玩，順便練練作詞能力。

研究所考試必勝秘技

我很會想辦法。我不懂理論，但我直覺這麼做一定有幫助。

創作自己獨一無二的筆記

我喜歡畫畫，喜歡寫作，也把這兩樣興趣結合在我沒興趣的讀書上，漸漸的把興趣轉移到讀書去。我買了漂亮的筆記本撰寫屬於我獨一無二的筆記，用美麗顏色的筆寫漂亮的字體，把筆記當成我的藝術作品。

看過很多版本的教科書後，我重新用我的文字改寫書本裡面的內容，我用廣告slogan的寫法改寫理論標題，更好背，我當自己是老師（我一直都是自己的教練），把理論讀熟後，舉我身邊朋友們或我身上發生過的例子，讓我對理論的應用更深刻。我的筆記是我自己的教科書，統計也一樣，用我的方式寫。

右腦人喜歡圖像思考，所以我做了很多表格，什麼理論都用表格呈現，也用路徑架構詮釋理論模型。

（考上心輔所後，我的筆記被借到研究所補習班展示，也接了研究所補習班社會心理學遠距教學的講義撰寫。我眞的寫教科書了！那是我第一個問世銷售的作品。）

任何考古題都不要錯過

讀書之前，我先花一些時間蒐集考古題，把考古題分析整理（先做好文獻探討）。

我把師大歷年來的考古題（因爲只考師大，輔大兒家所第一屆還沒考古題），包括轉學考、碩士班和博士班考題統統印下來。我發現老師們出轉學考、碩士班和博士班的考題都大同小異，民國八十二年的轉學考選擇題，會變成民國八十三年的碩士班的申論題；民國八十四年的博士班申論題，變成民國八十五年碩士班的簡答題（民國九十年心理師法通過後，考研究所一定要再把這些考古題加進來念）。雖然不同程度（轉碩博）的題目一樣，差別在學生答題的深度。

還要對所上老師做一點研究，系上官網的師資介紹上面都會寫每個老師的專長領域，可以歸納出老師們可能會出什麼理論和題目。我把每一題考古題剪下來，貼在題目出處的課本章節裡，很容易就整理出哪一章是考試重點，搭配老師們的專長，果然無誤！

這些重要章節一定要背得滾瓜爛熟，直到好像是自己發明的理論一樣（入戲要深）。

沒心情背理論的時候，就抄書吧！

讀書方法換來換去，有時用聽的（聽覺學習類型），有時用寫的（觸覺學習類型）。讀不下書的時候我就在家抄課本，邊抄邊練習答題手感和書寫速度，寫久了會成爲內在的自我對話，自然也背熟了。

口試靠諮商技巧教學錄影帶演練

奇蹟的，我通過師大筆試，接下來要準備口試了（前二十五名可晉級複試口試，最後錄取十二名）。很幸運的，得知師大筆試通過前，輔大先放榜，確定我以第三名錄取，鬆了一口氣，至少還有學校讀。

插播一個我的信念。我相信天將降大人於斯人也，必先苦其心志、勞其筋骨、餓其體膚。老天一定會先出些難題，考驗你是不是值得享受成就的人。每次我發生一些倒楣事，又安然度過後，接著就出現很旺的機會。屢試不爽。往後再發生一些艱難的事，我都暗暗高興，因為我知道，馬上就會有更好的事要發生了！

到輔大參加考試那天出了好多狀況，先是睡過頭，跟朋友借的車發不動，改搭計程車衝去，遇到大塞車，塞到不能再等，拿著陪考板凳往學校奔跑，跑了一段路快胃下垂（天啊我還沒吃早餐），好不容易到了，考試時間已經開始，我卻肚子爆炸痛，先到廁所拉了一下。進教室的時候再差一點考卷就要被收走了，還發現忘了帶立可白……（最後監考老師借我立可白）好驚險！

只要不放棄，絕對有希望。後來眞的考上了！師大也是，光報名就出現一堆障礙，差點無法報名。

師大口試分為兩種，一種是一般性口試，一種是個案諮商演練。

一般性口試

一般性口試是讓老師了解你用的。本校本系生口試的優勢是老師已經很了解你，有時只要一般敘舊就可以。外系外校生要準備一分鐘的自我介紹，讓老師在這一分鐘內被你的表述吸引。接下來老師會問：「爲什麼想讀心輔所？」「你爲了進這裡做了哪些努力？」「進來之後希望可以學到什麼？」「想做哪一方面的研究？」「你希望自己出了這裡之後可以變成什麼樣的人？」

我告訴老師，從小爲了念師大做準備，媽媽爲此還搬到師大後面。這段是講來逗老師笑的。接著告訴老師，爲了進師大我有多努力，念了多少書，用什麼方法，做了教學錄音帶，還寫教科書（拿出我的筆記給老師看），我一定要進第一志願，讓男友媽媽接受我的學歷，不然我會嫁不出去……這段也是說來逗老師笑的。我好大膽，竟然開了兩次玩笑。

接下來十五分鐘我正經了。我分享自己在準備研究所的過程中重新認識的自己；我分享從小到大的轉變，克服了哪些缺點。我分析過去那些早期經驗對我的影響，我又如何用新的看法重新框架我的故事，尋找意義。我做了很多努力，慢慢走到我的目的地，我希望未來可以幫助更多像我這樣的人，更想在師大心輔所重新被療癒，感受心理治療的魅力。說到自己含淚哽咽，眞心的。

眞心就能感動人，聽的人會知道。

個案諮商演練

我累積很多當領導者帶成長團體和觀察督導成長團體的經驗，對諮商技術也非常熟練（在小學當實習輔導老師以及大學當助教時的訓練）。可是在此之前，我從未接過一對一的個案，也沒跟輔導老師晤談過，我不知道諮商室裡的祕密，這是我唯一沒有好好利用的資源（我建議每個大學生都要跟輔導老師晤談一次，會更了解自己）。報名之前我最怕這一關，差點因爲自己沒有經驗而放棄。

幸好，我很會想辦法。我想起之前在圖書館看過一套錄影帶，是蕭文教授製作的諮商演練技術。考試前，我到圖書館看這套教學錄影帶練功，認眞觀察模擬怎麼扮演好諮商心理師的角色，該說哪些台詞？用什麼樣的表情？

明星之卵模式啓動，我認眞的學，認眞的演。

我想像過各種可能考的議題，寫了幾個可能出現的劇本。到了考試現場，由學姐扮演國中生個案，跟我談了她的人際和家庭困擾。我只有十五分鐘的時間，這十五分鐘我要做好場面架構，知後同意（意指諮商的過程中提供充分資料，讓當事人決定要不要進入諮商），澄清她的問題，給予她同理、支持的回應，摘要過程，並預約下一次的晤談。

演唱會要炒熱氣氛，諮商情境也要培養療癒氣氛，諮商心理師要負責傳遞治療因素，聽得見的技巧是諮商心理師說話的內容，靠諮商心理師的專業、智慧和經驗，看得見的技巧是諮商心理師的非語言行爲，靠的是諮商心理師的表情、肢體和聲音。有些諮商心理師只要坐在那兒，就非常有治療性。

我順利完成個案諮商演練，順利扮演了我當時心中所認爲的諮商心理師。

最後，我錄取了。

錄取率只有二分之一

可能因爲數學不好，數學中我最討厭機率，只要有人提起各校錄取率要我參考，我就頭痛。

錄取率沒有任何的意義。我一直這麼認爲，堅定的認爲。怎麼想也想不通爲什麼有錄取率這種說法？報考人數三百人，錄取人數十二人，於是你就有百分之四的錄取率？

當然不是耶，我只有二分之一的錄取率，上或不上。會上就是會上，不會上就不會上。我考兩家研究所，師大錄取率兩百九十五分之十二，輔大錄取率八十四分之六，兩家我都上了。我不是抽獎運特好，沒有偏財運，發票沒中過，百貨公司抽獎沒中過，尾牙抽獎也沒中過。

考試不是抽獎，不是人人有機會。沒讀書的話，十萬分之一的機會都沒有。我們要努力以考滿分做準備，這樣即使打八折都還有不錯的成績。

不要被名校嚇到，也不要被錄取率嚇到。我以前被《TV新秀爭霸戰》嚇到，被才藝小公主的頭銜嚇到，自己嚇自己而失去好多機會，錯過可能出現的奇蹟，連禱告的機會都沒有。一直到時機和年紀都成熟了，才敢接受這些挑戰，條件越難，越想去征服。

韓劇《*Dream High*》裡，外國唱片公司到學校徵才，開出非常嚴格的報名條件，要會三種語言，得過十次獎，要製作三分鐘的自我介紹的影片，要上英文字幕，還要包含一個創作。看過報名條件的學生馬上就認爲自己不行，「別作夢了。」「現在做怎麼來得及？」「走了走了。算了算了。」然後放棄，幾乎刷掉全校學生。十八歲要有這些經歷實在不容易，六位主角們雖然也不符合條件，時間也很緊迫，卻仍積極報名參加初選。他們做了影片呈現自己這一年來的改變，並表示這個改變還會繼續，不知道自己將來會變成什麼樣子，很期待。

最後六個人都入選了。

唱片公司負責人說：「我們要尋找的是面對艱難的工作，依然有勇氣接受挑戰並全力以赴的人，敢報名，已經通過第一關，你們就是我們要找的人。」

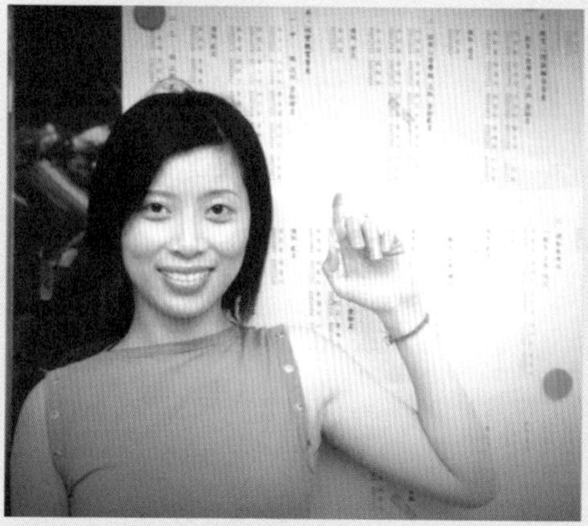

我與榜單。

心理治療拯救我的家庭和人生

讀了諮商理論後，我也在理論中得到療癒，所有的創傷被一一修復。過去的經驗會影響我們，但我們可以決定被影響的程度，要相信發生的一切都有它的意義，而賦予意義的責任在我們身上。意義治療學派創始人弗蘭克爾（Frankl）說：「無論處境如何悲慘，我們都有責任爲生命找出一個意義。人類可以因爲愛而得到心靈上的救贖。」他從悲慘的遭遇中倖存（進集中營後骨肉離散），用他的生命告訴世人意義的重要。

考上師大心輔所讓我得到非常棒的自我實現，感受前所未有的高峰經驗，還讓我重新獲得非常不一樣的矯正性經驗。那是一個完全不一樣的世界，每個老師、同學和學長姐都像天使，說話溫柔得要命，每個人身上都充滿能量，很有衝勁的做任何事（我也不敢懶惰）。當我在台上報告，她們用微笑的表情積極的鼓勵我繼續。當我生病，每個人都會打電話安慰我，充分感覺自己被愛，自己的存在好重要。

矯正性經驗通常發生在心理治療的情境中。同樣的事件或同樣的議題再次出現，因爲另一個人給了我們完全不同的回應方式後，讓我們重新經驗與過去完全不同的情緒感受。我曾經跟老師閒聊時提到自己家裡的經驗，老師表情溫柔、語氣堅定的看著我說：「這一切眞的很辛苦，妳是一個很有力量的人，要撐過來眞的很不容易。」老師們總是可以找到我們生命中的亮點，老師的眼神和聲音讓我好想哭。

語言是很神奇的東西，可以摧毀人，也可以療癒人。眼淚也是，可以讓人崩潰，也能讓人重新活過。

我們會根據聽者的反應來評價自己，評價自己的遭遇或自己的命運。老師用了最正面的回應讓我重新正面的看待自己，看待我的過去。當心理被重新注入新能量，改變就會慢慢發生。我一定要改變，徹徹底底，這樣才能用我的經驗證明心理治療眞的可以幫助人。

心輔所的老師們給我的教育，不只是理論，更多的是他們本身的示範。吳麗娟老師最常掛在嘴邊的一句：「不管怎麼樣，要記得我永遠愛你們。」她用愛教我們什麼是無條件的接納。遲到或報告遲交，老師只問：「妳還好嗎？是不是有什麼困難？我可以怎麼幫妳？」從沒像這樣被無條件接納，完全的信任。老師用好孩子的角度看我，我也要當個好孩子。

鄔佩麗老師是我的論文指導教授，每一次去研究室找老師討論論文的時候，約好三點，老師一定在三點前就坐在椅子上專心等我，不是邊打電腦或邊看書等，而是專注的坐在位置上等我，說三點開始就是屬於我的時間。讓我感覺好被重視（時間一到老師也會準時送客，對時間的界線非常精準）。這也變成我未來接個案、帶團體時的習慣。我曾跟鄔老師抱怨過很多私人機構給人上了幾堂心靈成長課後，就廣發心靈導師證書，讓人拿著證書幫人心理治療，混淆諮商心理師的角色。鄔老師沒有跟著我一起批評，只溫暖微笑著說：「若是不專業，自然會被市場淘汰。」馬上提點我，專業才是我該追求的，否則被市場淘汰的就是我，我不該花時間管人家那麼多，更不必抱怨和憤怒。事情的發展果然如老師所說，不專業的人自然會被檢舉，被新聞踢爆。

老師們總是可以讓我看見陽光的那一面，毫不吝惜給予讚美，非常真誠有力量的那種。我在生涯發展理論課第一次上台報告，拿著麥克風自我介紹的時候，金樹人老師忽然抬頭對著我說了一句跟我即將報告的內容完全無關的話：「端，妳的聲音好好聽！」這麼直接、簡單的一句話，讓我這二十幾年來的自我嫌惡瞬間消失，我爲聲音所做的努力終於有了美麗的回報。「謝謝老師。」我差點在報告前大哭。

我在學習心理治療的期間，參加很多工作坊，重新修復我的家庭經驗。當我成爲研究生後，爸媽已經對我改觀很多，更喜歡和我說話。因爲知識，讓我有能力重新解讀過去，當我相信他們對我所做的一切全是爲了愛，便能理解並接納他們所有的行爲，即使他們用了不合理的方式表達愛，也是因爲他們不知道還有更好的可以用。

我沒有教爸媽該如何和我相處，如心理治療中的體驗，只要我先改變，他們就會慢慢明白我想要的關係是什麼樣子。只要我先付出，他們就會跟著改變。

我不再隨著他們的批評影響心情，我不再追究他們使用的字眼，那沒有意義，很多時候我們說話本來就容易口誤，也只會用那些慣用的字彙，因爲我們沒有學習更新的、更好的。

他們說話大聲，我就要更小聲，他們說話緊張急促，我就要讓自己變得堅定緩慢。音量大聲不會讓自己有自信，或表達順利，更不會引起對方注意，只會讓人誤會情緒，容易吵架。訊息塞得太多不會讓人更明白你說的話，只會讓人完全忽略。我要示範什麼是正向思考，什麼是正向回饋，一切由我開始。

我跟爸媽分享改變我最多的一本書，也是至今很喜歡的一本書《生命的答案，水知道》。這是日本研究水的江本勝博士在二〇〇二年出版的書。我告訴她們，江本勝博士的實驗發現，經常聽到和看到愛和感謝的水，結晶豐富華麗、顏色晶亮，像鑽石一樣。長期處在負向的語言當中，連水也會慢慢變成惡魔。

我說：「爸媽，我們人體百分之七十是水，拜託不要讓我們的結晶再破裂。」爸媽答應我，和我一起練習改變。

我們可以變得更漂亮，最簡單的就是從正向的語言和態度開始改變，不再對愛的人說傷人的話，這是我們現在開始要學習的。只要我們改變，我們的靈魂也會變得更美。

改變的時間很長很長，長達十年。就像吳麗娟老師說的，每個個案需要的愛強度和濃度都不同，就像有些人喝咖啡不加糖，有些人卻需要加五顆糖。不能期待每個人都花一樣的時間改變，我們只能相信並等待。

也許爸媽老了，也許他們想通了，開竅了，也許他們被感動了，也許我先付出了（我先完成他們對我的期待），我們的關係變得越來越好。

Chapter 4

這就是我要的自己

人生就像四季、日夜輪流交替，黑暗一定會過去。
在冷得要命、一無所有的冬季，不必強出頭，好好學習，整理自己，安心等待，要有信心時機一定會到。春天來臨自然而然的嶄露頭角，慢慢茁壯。
接著在夏天的時候紅得發燙。然後在秋天享受自己努力的成果。
準備再次進入冬天，休息，累積更多新能量，等待下一次的爆發。

不能只是「想要」，還要「敢要」

「想多了，勇氣也沒了。」韓劇《*Dream High*》裡，姜老師對著渴望舞台卻不斷逃避的森動說。

《這小子，讓川普讚嘆》的作者卡麥隆・強森在他八歲的時候看了電影《小鬼當家2：紐約迷途記》，便在下學期用全A的成績和爸爸交換「到紐約住進廣場飯店」的條件。這不是他最厲害的地方，最厲害的是他用超齡的沉穩，有禮的寫了一封信給川普先生，「親愛的川普先生……」自我介紹後，表達他將住進紐約廣場飯店，希望可以獲得允許參觀《小鬼當家2：紐約迷途記》拍攝的那間套房。「我眞的眞的，非常想親眼看看。」最後一句充滿力量，充分表達了渴望。

當下川普先生沒有回信，卻在他住進廣場飯店時，請櫃檯人員直接幫他們升等到《小鬼當家2：紐約迷途記》的那間套房，隔天還派人帶著卡麥隆到同是電影場景中的玩具店，採買跟電影有關的所有玩具。川普讓他美夢成眞。一切都因爲他寫了那封信給川普。

他不只在心裡下訂單，還動筆寫信給宇宙，他想要，也敢要，而且眞的要到了。在他之前，沒有其他小孩敢提出這種要求，在他之後也不會再有小孩像他一樣幸運，如果世界上只有一個幸運兒，他已經搶到這個名額。

二〇一三年三月的新聞，美國洛杉磯有位高中生傑克（Jake Davidson）拍了一分四十八秒的影片上傳youtube，想要邀請超級名模凱特·阿普頓（Kate Upton）當他畢業舞會的舞伴。影片自信又搞笑，「妳喜歡運動，我也喜歡運動。妳喜歡美食，我也喜歡美食。妳登上運動畫刊封面，我愛看運動畫刊。我們可以兜風兜一整晚，直到晚上十一點，因爲我有門禁。」上傳一星期，點閱率突破一百五十五萬，威力強大，終於傳到凱特那兒，在他的推特上回推：「你想要的話可以叫我凱特。我怎麼能拒絕那樣的影片呢？我會看看我的行程。」

他還上了晨間新聞《今日秀》（*The Today Show*）接受訪問，凱特也打了電話到節目，說她只要有空，也許可以和傑克一起參加舞會。不管後來凱特是不是和傑克一起參加舞會，傑克已經成功得到凱特的注意，甚至幾百萬人的注意。

在網路傳播越來越強大的時代，宇宙離我們越來越近，只要開口（當然還要用對方法），我們的聲音都可能被聽見；只要行動，我們的表現都可以被看見。

我們每天在心中都會出現一些「想要」，在羨慕別人的時候尤其會浮現：「好想變美！」「好想變瘦！」「好想上台！」「好想出國念書！」「好想放下一切追求夢想！」「好想得到那份工作！」「好想進那所學校讀書！」

大部分的人嘴裡這麼說，卻很少去爭取。可能沒那麼想要，也可能不敢要，因爲恐懼自己得不到，所以從未行動。曾經有段時間我就處在這種困境，「可是……」「萬一……」想東想西，我的恐懼緊緊的把自己綁在一個卑微的位置，差點就那樣過一輩子。

美國教育心理學家卡芬頓（Covington, M. V.）的自我價值論認爲：人會利用追求成功來證明自我價值；用逃避失敗維持自我價值。若表現一直優秀，便會不斷追求；若自知表現不佳（目標太高或不想努力），便不行動也不追求。這麼一來，沒達到目標不是因爲沒實力，而是自己不去追求而已。

我怕自己不做會後悔。不冒險、不去丟臉也許可以很安全，卻不會知道自己可以爬多高，走多遠。

有過成功經驗的人，通常比較「敢要」，也有很多方法「去要」。沒有成功經驗的人，只要夠有勇氣，也會試著一次又一次，讓每一次經驗累積能力，累積自信，讓自己離成功經驗越來越近。

我得創造成功經驗，再微小的經驗都可以，只有自己開心也可以，只要踏出第一步，之後再也沒什麼好怕了。就像站在室內看著外面正在飄雪的露天溫泉，想要脫掉圍巾帥氣的衝進雪地，但一開門就冷得發抖，冷得痛苦。只要下定決心往前衝，隨後的享受是多冷都願意承受的。

行動讓我踏實，讓我把渴望變得眞實，讓我把夢想變成現實。去做了才了解自己的感受，不斷的重複做，不斷的累積「原來我可以」的能力。能不能做到，還要多少努力，才能了解「原來是這麼一回事」，是「眞的」喜歡，還是「以爲」喜歡。

做了以後，感覺會改變；感覺改變，情緒就改變；情緒改變，想法也會跟著改變。

心情很差的時候，我會放音樂、泡杯茶、點香氛、打掃環境、整理家裡，把身邊的東西清乾淨，像一種心情排毒儀式。我會唱唱歌，找公園或綠地走走。去健身、去快走、去按摩。去超市買些東西回家煮來吃。看書或煲劇……我會找很多自己喜歡的方法讓自己放鬆，把自己放在舒服的環境裡，感覺舒服，心情也會舒服；心情舒服了，自然就往好的一面想。

善待自己，才有餘力同理別人，給自己和別人一個台階，才能自在的度過低潮的情緒。

人生如戲，精不精彩全看你演技

我相信那些成功完成自己夢想的人，只是比一般人更專注的相信，比一般人入戲更深而已。這是我從《千面女郎》裡面學到的。

《千面女郎》（日文版原名：《玻璃假面》）是我最愛的漫畫。我不說「之一」，因爲最愛沒有「之一」。如果這輩子只能選一套漫畫收藏，我會挑《千面女郎》（明星之卵必看）。

譚寶蓮和在麵店打工的媽媽相依爲命，個頭矮小不起眼，學業、運動都不好，卻對演戲、看戲異常的熱情。媽媽擔心她吃虧、失敗，總是說：妳既不聰明又不美麗，別妄想當女明星。但她依然不顧一切的加入劇團，接受一連串的訓練。

剛開始經常碰壁，每次表演都遭老師開罵：「妳那是什麼演技啊？笑也不會演？踩到釘子的反應也不會？」所有人都笑她，只有阮老師在一旁靜靜看著，嘴角抿起笑。只有她看出譚寶蓮是個天才。

後來大家才明白，譚寶蓮對語言的詮釋特別敏銳，所謂的笑，不是只有捧腹大笑，也可以只是淺淺溫暖的微笑。踩到釘子不一定會彈跳起來大叫，因爲釘子都還沒刺進去呢。

有次劇團考試，題目是只能用四句台詞：「是」「不是」「謝謝」「對不起」和對手演戲。想像你用這四句和對手演戲：「好久不見。」「是。」「進來坐坐吧！」「謝謝。」

很多人都被開放式問句難倒。「你的髮型眞漂亮。」「謝謝。」「在哪做的呢？」「啊？」「你還記得小時候我們都玩些什麼嗎？」「啊？」很少人可以對話十句以上。

換譚寶蓮上場，她就用四句台詞演了一個多小時。「你還記得小學校長的名字嗎？」她用搖頭表示不知道。「想聽哪一種音樂？」她起身，用默劇方式演出找唱片，挑出一張請對方播放，並說「謝謝」，她靠著腦力激盪完成整齣劇。

原來，還有這麼多方法呈現！太執著表面的限制，會失去其他原本再熟悉不過的表演方式。同劇團、同試場的人無不瞪大眼睛，開始佩服眼前這位可敬的對手。

有次劇團徵選演員，考試場所在一家餐廳。餐廳裡有一位不說台詞，只在場內走來走去的服務生，選角們要自由發揮台詞和這個場景中的人事物對戲。每個參賽者幾乎只想出一個劇情和一種演法，譚寶蓮竟可以演出好幾個角色和劇情！有時是喝醉酒的女客人，有時是失戀的女人，有時是小偷，有時是逃犯，有時是實習服務生……每個角色口氣聲音都不一樣，創造力令人震撼。

譚寶蓮除了觀察力和聯想力，更驚人的是她的毅力。她是用生命在演戲。

她詮釋小婦人的貝絲，沒見她讀劇本，倒是花了一個月過著貝絲的生活，每天打掃洗衣、編織、玩貓和練琴，累了坐著休息，看著天。她進入貝絲的世界，感受貝絲，不是演。看起來好像未曾練習，卻早已成爲貝絲。

她詮釋全盲的海倫．凱勒，完完全全拋開對環境的習慣和認知，即使眼睜睜的下樓梯，瞄見有人故意在階梯上放一顆球惡作劇，她仍毫不猶豫地踩空，摔得很慘。因爲她是全盲的海倫．凱勒。

最經典的是她得了獎、取得紅天女演出資格的那齣戲《被遺忘的荒野》。她詮釋狼少女，把自己關在籠裡餓上好幾天，看到生肉毫不猶豫的衝過來，叼住，吞下，野蠻的狠勁嚇壞跟她朝夕相處的閨中密友。

我看著她努力，總覺得自己再怎麼辛苦都不到她的三分之一。

我不是天才，外表不出衆，成績也不好，還有惰性，如果不花更多時間努力，不拚命，我還能爲自己留下什麼？

人生如戲，精不精彩全看你演技。

想成爲什麼樣的人，只要有心一定可以。就當自己接了一本新的人生劇本吧！爲了得到夢寐以求的新角色，努力練習你的演技。

想當個出色的演員沒那麼容易，要訓練自己變成另一個人，學習新的口音、新的習慣、新的能力，要在半年內練好體操或鋼琴表演，把自己弄胖或弄瘦，讓自己變得很土，也可以變得很高雅，可以很可愛，也可以很老氣。

想精彩，一定要苦練，不練，拿什麼表演？不苦，還能成就什麼專業？厲害的人連氣質、學歷都可以改變。

你喜歡你現在的樣子嗎？

電影《女人三十一朵花》（*13 going on 30*）的Jenna是個聰明的小女孩，因為太想加入校園中最出鋒頭的六仙女，結果被利用成幫她們寫功課的工具，為了加入她們成為校園裡最Cool的辣妹，跟夢想中的校園王子在一起，竟跟自己一起長大的Matt斷交。

青春期的Jenna飽受那些女生的欺負和挫折，她在生日那天許了一個願，想快點變成三十歲。那是一個遙遠的年紀，飛過了國中、高中、大學，飛過初出社會的那一小段奮鬥，到了三十歲，我們好像就可以活在小時候的夢想。

Jenna就這樣來到三十歲。好萊塢電影就是可以這麼輕鬆的滿足我們這些死老百姓的幻想，我曾經多想多想一夜長大……

三十歲的Jenna真的擁有小時候所有的願望，成為她最愛的《*Poise*》雜誌編輯，住在曼哈頓第五大道的高級公寓，擁有一個房間的衣服以及一整面牆的鞋子，還有一整櫃的包包，身上穿著性感的丁字褲。

但是，她漸漸發現，爲了走到這個位置，她好像做錯很多事。她不知道自己怎麼了？發生了什麼事？她跟一個沒內涵的人交往，沒有眞心的朋友，不跟父母聯絡，不回家過節，跟一起長大的好友Matt斷交，跟有婦之夫上床，對自己的秘書頤指氣使，偷了助理的idea還開除她，甚至竊取自己公司的機密賣給競爭對手。她竟然變成自己以前無法接受的那種壞女人，對三十歲的自己感到後悔、挫折、無法忍受。

Jenna問媽媽：「妳有沒有最想改變的事？」

媽媽說：「我想回到沒有皺紋的時候。」

Jenna繼續問：「難道妳沒犯過什麼讓你後悔一輩子的錯嗎？」

媽媽回答：「我不後悔，因爲犯錯，才能讓我知道什麼是正確的選擇。」

後來，她用十三歲的心，改變了三十歲的自己。電影最後，她回到十三歲，她明白了很多事，決定爲自己徹底改變，重來一遍。

我曾經參加一個心理成長工作坊，治療師要我們在紙上畫著足以描述自己的一幅圖。我畫了一個穿著禮服的可愛美女，躺在貴妃椅上吃葡萄，整個意境想表達的是帝王般的享受。

接著治療師要我們每個人把畫好的畫往右邊傳，我們的畫會落入別人手裡，當然別人的畫也會淪落到我手裡。治療師要我們盡情的在別人的畫上揮灑我們的創作，我們想要幫他加什麼料就加什麼料，你可以幫它增色，也可以讓它變成垃圾。我們的團體有十六個人，我的畫就這樣被十五個人蹂躪，當然我也摧殘了其他十五個人的畫。

當我的畫回到我的手上時，我大驚！我是一個不太能忍受髒、醜的人，我的畫被奇怪的配色和突兀的笑點搞砸了，帝王般的外景都low掉了，我像一個種田的農婦穿著網襪倒在地上被鬼壓，還長一顆痣、滿嘴鬍子跟腿毛，當然也不完全是破壞，我不只吃葡萄，還吃了蘋果、香蕉、芭樂，頭上還多了一頂皇冠。

治療師說：「我們手上的畫就像我們的人生，經過風風雨雨，有鼓勵，有挫折，有貴人，有敵人。現在，你可以選擇哪些是你要留下的？哪些是你想改變的？人生還沒結束，我們的劇情還未完待續。接下來，我們把這幅畫完成。」

留在畫上的痕跡擦不掉，我不能無賴的舉手：「請再給我一張白紙。」我就這麼一個人、這麼一輩子，接下來，我得去接納我的痣，我的腿毛，壓在我身上的鬼要變成我的王子。當然，我接納了鬼當我的王子，給他一頂王冠。

別人可以輕易對我破壞，但我可以選擇不因別人的影響而放棄自己，因為我擁有修改的權力和能力，這是我的畫，我可以在別人的妙筆中尋找靈感突破。

生命中的痕跡都是命運要我們經歷的過程，努力過的人老天也一定會有酬賞。也許我們曾經挫折的以為這就是世界末日，但我可以保證，這些都會過去，只要你繼續呼吸，生命就充滿希望和力量。

柳暗的困苦中，誰能知道花明是不是在下一刻？不要輕易放棄自己，不要輕易豁出去，讓自己變成自己無法接受的人。

後記

只要有心，一定可以成為自己想成為的人

「我的夢想是，二十年後的我，成為一個對自己毫無愧疚的大人，加油！」韓劇《*Dream High*》第四集，姜老師無意間從理事長手裡接過自己二十三年前寫的日記，他在裡面寫了這段話給二十年後的自己。

我們都在尋找未來的自己，想知道自己以後的樣子。《秘密》這本書告訴我們：「只要心想，就能事成。要把『想要』的狀態當成『已經擁有』，而不是『渴望擁有』。千萬不要把時間花在尋找過錯，專注過失，要把時間拿來創造建設，正面行動。」

最難的不是過程，而是找到那個目標。只要找到目標，就會知道自己想往哪裡去，就可以到處問路、請人帶路甚至自己開路。

花點時間想想，自己做什麼事的時候最快樂？可以忘記時間，忘記吃飯，忘記睡覺……花點時間想想，自己想變成什麼樣的人？想過什麼樣的

生活？住在什麼樣的房子？有什麼樣的朋友？目標越清楚越好。

我們心裡的念頭會引導我們去關注和我們目標相關的人事物，不管往哪個方向出發，都會慢慢走到我們理想的位置。

當明星之卵努力練習的那段日子，對我很有意義，因爲我做了很多一直想做的事。我沒有讓環境限制我，沒有讓任何人阻止我，我一一解除我人生的「危機」，開始累積成功經驗，不再執著自卑自憐，不再常常覺得自己丟臉，到手的機會也不再白白放掉。

我漸漸成爲我想成爲的那種人，即使最後沒當成明星（當然沒當成），過程也不會浪費，我得到的能力，一輩子受用。

二十年可以成就很多事，可以徹底改變一個人。可以讓人一無所有，也可以讓人變得富有。可以培養一段感情，也可以遺忘很多心情。

我很平凡，沒辦法少奮鬥二十年，還得比別人多奮鬥二十年。但是別擔心，這二十年非常精彩，非常值得回味。

這二十年的所有努力，都會在我身上表露無遺。

未來，還有一個二十年，再一個二十年。

我的二十年，未完，待續……

The Eeurasian Publishing Group
圓神出版事業機構
用心與你對話．綱野無限寬廣
圓神出版社
Eeurasian Press

http://www.booklife.com.tw inquiries@mail.eurasian.com.tw

圓神文叢 139

有多想要，就有多幸福

作　　者／蘇陳端（貴婦奈奈）
發 行 人／簡志忠
出 版 者／圓神出版社有限公司
地　　址／台北市南京東路四段50號6樓之1
電　　話／（02）2579-6600．2579-8800．2570-3939
傳　　真／（02）2579-0338．2577-3220．2570-3636
郵撥帳號／ 18598712　圓神出版社有限公司
總 編 輯／陳秋月
主　　編／林慈敏
責任編輯／沈蕙婷
美術編輯／劉嘉慧
行銷企畫／吳幸芳．陳姵蒨
印務統籌／林永潔
監　　印／高榮祥
校　　對／林慈敏．沈蕙婷
排　　版／杜易蓉
經 銷 商／叩應股份有限公司
法律顧問／圓神出版事業機構法律顧問　蕭雄淋律師
印　　刷／國碩印前科技股份有限公司
2013年6月　初版
2013年6月　3刷

定價 300 元　ISBN 978-986-133-455-4

每一本書，都是有靈魂的。
這個靈魂，不但是作者的靈魂，
也是曾經讀過這本書，與它一起生活、一起夢想的人留下來的靈魂。
——《風之影》

國家圖書館出版品預行編目資料

有多想要，就有多幸福 / 蘇陳端（貴婦奈奈）文.
-- 初版. -- 臺北市：圓神, 2013.06
240面；16.5×21公分. --（圓神文叢；139）

ISBN 978-986-133-455-4（平裝）

855　　102007210